어쩌다 보니 the 열혈 수의사

우리가 모르는

동물병원 진료실 이야기

프롤로그

1장

2장

3장

prologue

안녕하세요, 여기는 기묘한 jazz동물병원입니다

수의사인 나에게도 다른 꿈이 있었다. 10년 전, 나는 마흔다섯이 되면 무작정 세계 여행을 떠난 뒤 돌아와선 여행작가가 되기를 꿈꿨다. 그야말로 뜬구름 잡는 허황된 꿈이었다. 강산이 변할 동안 나는 치열하게 살아왔지만, 그 꿈을 위한 어떠한 실천도 하지 못했다. 그저 빠르게 달려오는 세월을 속절없이 흘려보내야 했을 뿐. 그럼에도 늘 자유를 갈망했고 공간에 메여있는 삶에 답답함을 느꼈다. 어느덧 나는 마흔여섯 살이 되었고, 어쩌다 보니 나름 즐겁게 동물병원을 운영하며 살고 있다.

비록 여행 서적은 아니지만 어쨌든 이렇게 책을 내게 되었으니, 그 꿈의 절반은 이룬 셈이다. 정말 인생사 새옹지마라는 말이 딱 들어맞는 것 같다. 평소 책 읽는 것과 글 쓰는 것을 즐겼지만, 뜻밖의 출간을 하게 될 줄은 진정 몰랐다.

2년 전 불의의 사고를 당했다. 좌측 무릎 수술을 2번에 걸쳐 받았고 실의에 빠져 있었다. 자전거 타기와 운동을 좋아하는 1인이지만 걷는 것 빼곤 엄두조차 낼 수 없게 되어 좌절과 우울감은 날이 갈수록 깊어졌다. 또한, 사고에 대한 자책만 심해져 가끔 뜻 모를 분노와 삶에 관한 회의를 느끼곤 했다. 그럼에도 불구하고 이 시련은 나를 다른 측면으로 도약시키는 계기가 되었다. 크게 아파보니 건강의 소중함을 알게 되었고 주어진 삶을 진지하게, 즐기면서 살아야 한다는 값진 교훈을 얻었다. 혹시 더 많이 다쳤더라면 어땠을까 복기하면서 유한한 시간을 절감했다. 이건 잉여적 삶이 아닐까, 고뇌하면서 앞으로의 삶에 충실하기로 다짐했다.

수술 이후 2개월이 지났을 무렵, 앞으로 다가올 삶을 다시 꾸리고 싶어졌다. 휴대전화 주소록을 살피며 인연이 없는 지인을 정리하였고, 멀리 있지만 만나고 싶은 친구를 보러 돌연 떠나곤 했다. 안 쓰던 물건을 죄다 내다 팔았고, 꼭 필요하지만 비싸서 사지 못했던 것들을 과감하게 질렀다. 기다리고 미루면 인생은 후회만 남는다는 것을 깨달은 관조의 몸짓이라고나 할까.

중고 물건들을 정리하기 위해 수의사 커뮤니티에 접속했던 어느 날, 우연히 그곳에서 글쓰기의 작은 희열을 만끽하게 되었다. 처음엔 장난 반으로 글짓기를 시작했는데 점차 회원들이 내 글을 읽고 웃프게 공감하며 즐거워했고, 급기야는 소수의 팬이 생겨나기도 했다. 공명심보다는 깊어진 우울감을 떨쳐버릴 요량으로 쓴 글이었지만 따스한 관심에 나는 묘한 만족감을 느꼈다.

임상을 시작한 지 20년, 동물병원을 운영한 지 16년이 다 되어간다. 그동안 겪었던 수많은 케이스와 다양한 보호자, 황당한 사건, 감동적인 치료 과정 등이 뇌리에 축적되어 있다. 그것들에 영감을 받아 하나하나 기억을 되살리며, 당시를 복원하고자 즐겁게 활자화했다. 그렇게 1년 반 동안 실로 엄청나게 많은 양의 글을 완성했다. 그 사이 온라인 카페에서 몇몇 수의사들이 출판을 권유하기 시작했고, 나 역시 점점 쌓여가는 글을 정리하고자 어느 순간 책을 내기로 결심했다.

인생에서 기회는 모름지기 꾸준함과 우연으로 찾아오는 법이다.

이 책의 주 내용은 수의사인 내가 동물병원에서 만났던 동물들과 보호자들의 소소한 에피소드에 관한 이야기다. 동물병원은 누구에게나 미지의 영역이고 늘 궁금해하는 곳이다. 나의 책이 그런 독자들에게 조금이나마 동물병원이 친숙하게 느껴지는 계기가 되었으면 좋겠다. 다양한 진료 케이스에서 느꼈던 즐거움, 아픔, 분노, 안타까운 기록들을 신기하고 유쾌하게 풀어 써 보았다.

물론, 동물을 키우는 1,500만 집사들뿐만 아니라 어느 누가 읽어도 거부감이 없을 내용으로 담으려 노력했다. 전문용어의 사용을 줄이고 딱딱한 문장을 지양하는 대신, 남녀노소 공감되는 에피소드로 채우려 했다. 나에게 좋은 글귀는 '쉽고, 재밌으며 유익한 글'이다. 그래서인지 이 책 전반이 가볍고, 때론 다소 뜬금없는 문장이 나오기도 한다. 부디 나의 위트와 유머러스한 글이 읽는 이에게도 즐겁게 닿기를 바란다.

반려동물은 외로운 현대인의 삶에 벗이 되어주는 고마운 존재이다. 인간과 교감을 나누는 생명이기에 그 존재 자체만으로도 애틋하고 온정이 흐른다. 동물과 사람이 서로 의지하며 사랑을 나누는 것처럼 아름답고 고귀한 것이 또 있을까.

더불어 오늘날 동물병원은 반려동물의 건강과 영양, 훈육을 아우르는 원 헬스 주치의로 자리매김하였다. 수의사는 동물 전반에 대한 모든 것을 배우며 각종 문제 해결이 가능한, 유일한 검증된 전문가 집단이다. 그래서 앞으론 동물병원이 단지 치료와 수술만 하는 공간이기보단, 진정성있게 보호자와 소통하며 반려동물의 전 생애를 돌보는 건강(wellness) 지킴이가 될 것이라 생각한다. 더욱이 이것은 나의 동물병원 운영의 모토이자 지향점이다.

끝으로 많은 리액션과 공감으로 늘 격려와 지지를 아끼지 않았던 수의사 포털사이트 회원분들에게 다시 한번 감사드린다. 책으로 엮어보라는 조언과 독려로 인해 잊고 지냈던 꿈을 이뤘으니, 감사하다는 말로 다 표현 못 할 만큼 고마움을 느낀다. 더불어, 오늘도 음양에서 최선을 다하고 계신 이 땅의 모든 수의사 동료들에게도 사랑과 응원의 마음을 전하고 싶다.

온전한 동물 전문가는 수의사뿐이다.
반려동물의 주치의로서, 보호자의 든든한 마음 돌보미로서
수의사가 늘 곁에 함께할 것을 약속드린다.

경기도 어느 작은 도시에서
정정석 올림

1장

“인간에게는 동물을 다스릴 권리가 있는 것이 아니라,
모든 생명체를 지킬 의무가 있다”

제인 구달 (Valerie Jane Goodall)

Daily Life 1

토탈맨의 추억

어느 날, 늙수그레한 남자가 강아지를 옆구리에 끼고 병원에 왔다. 나는 재빨리 남자의 행색과 용모, 제스처를 스캔하며 어떤 스타일일지 진단하기 시작했다. 잠정적으로 평가해보니 말투가 거칠고, 동작이 거침없으며, 개를 한 손으로 들고 있는 것으로 보아 반려견을 애지중지하는 사람은 아닌 거로 보였다. 그래도 혹시 아는가? 나의 진단이 잘못되어 지독한 아티팩트(artifact, 인공물질. 진단을 방해하는 인위적인 물질)일지? 간혹 차림은 추레하지만, 반전 대박 케이스도 있었으니 긴장의 끈을 놓지 않았다. 남자는 어느새 진료실로 쓰윽 들어와서는 강아지를 테이블에 툭 던져 내려놓고 이렇게 주문을 넣었다. 이곳은 정녕 재즈 주점이 아니었지만, 그땐 '18번 고객님이 주문을 넣었다.' 라는 표현이 정확했다. 있지도 않은 메뉴판을 응시하던 손님은 잠시 후 이렇게 오다(order)를 내렸기에.

강아지 토스남: 토탈로 봐주셔~!

"여기 쐬주 한 병이랑 노가리 한 마리 내오셔!"와 비슷한 악센트였다. 이건 뭐 순간 난 주모, 넌 과객이 된 느낌이었다. 뭐지, 이 생경하고도 신박한 단어 선택은? 'total'이라 함은 영화 '토탈리콜'이나 어릴 적 뛰놀던 꾀죄죄한 골목의 '토탈 패션'이라는 양장점, 혹은 식당 계산서의 마지막 합계에 쓰이는 말이 아니던가? 그의 레어(rare)한 말에 난 어리둥절했지만, 혹시 종합 건강검진을 의미하는 건 아닐까 하며 내심 반색했다.

벌써 입이 찢어진 나: 어떻게 도와드릴까요?
토탈남: 싹 다 봐주셔~!

2차 두리뭉실 쓰나미에 뭔가 미심쩍은 전조가 희미하게 느껴졌다.
진짜로 그냥 머리에서 발끝까지 돋보기로 봐줘야 하는 걸까? 아니면 '정밀한' 종합검진을 요구하는 것일까? 골치가 아팠다. 어느새 약장수로 변신한 나는 강아지를 촉진하며 각종 검사의 종류와 비용을 입이 아프도록 설명했다. 전염병 검사부터 시작해서 엑스레이 검사, 혈액검사, 심장사상충 검사, 초음파 검사까지 프로토콜 플랜(문제 해결 과정에 관한 프로세스 계획)을 잡고 시동을 걸며 힘차게 풀악셀을 밟았다. 하지만 누군가 사이드브레이크를 잡아당겨 버렸다.

토탈남: 그런 건 됐고 눈으로 괜찮은지 좀 봐보라고요!

단호한 보호자의 부탁에 순식간에 멘붕이 왔다. 나는 퀭한 눈으로 포미닛(여자 아이돌)의 '핫이슈' 노래를 읊조리며 그 강아지가 괜찮은지 머리부터 발끝까지 꼼꼼히, 말 그대로 그냥 봐주기만 했다. 그야말로 머리부터 발끝까지 핫이슈였다. 볼일이 끝난 토탈남은 올 때의 모습 그대로 강아지를 옆에 낀 채 유유히 떠났다. 내 희망찬 포부는 그렇게 멍때림으로 무너졌다.

그 트라우마 이후 지금도 길냥이를 데려오거나, 유기견이 내원하여 대기실 차트에 '건강검진'이란 글자가 뜨면 자주 식은땀이 난다. 또다시 토탈맨이 생각나 막연함에 눈앞이 자욱해진달까.

어떻게 또 이야기를 풀며 어떤 검사를 권장하며 시작해야 할까. 그냥 신체검사만을 원하는 것일까, 아니면 과학적인 장비를 이용한 진단검사를 원하는 것일까. 자주 의문이 엄습한다. 사실 수의사로서 이 부분은 꽤 어려운 문제에 속한다. 진료 시 진료비용이 얼마큼 나와야 고객이 흡족해하는 걸까. 토탈맨이 의뢰한 것처럼 신체검사만 해준다면, 어떤 이는 제대로 진찰해 주지 않는다며 서운해하기도 한다. 그렇다고 선뜻 괜찮다고 말했다간 보호자가 반려동물의 건강에 자신만만해질 수 있기에 참 어려운 접근이다.

혹은 검사 수치가 나오는 검진을 원했는데 무시당했다고 토로하는 경우도 비일비재하며, 반대로 비용이 들어가는 검사법을 동원하여 진단을 해주었을 땐 뜻하지 않게 많은 비용이 들었다고 핀잔하기도 한다. 가끔 검사 결과가 정상수치로 나오면 건강한 강아지인데 왜 진단검사를 권했느냐며 아주 황당한 구설에 오르기도 한다. 그래서 나는 때론 보호자에게 각종 검사를 권하기가 두렵다.

그렇다고 악플이 무서워 선뜻 검사를 권유하지 못하면 안 되는 노릇 아닌가. 일견에서는 이럴 경우 비전문가로 쉽게 치부해버리는 경향도 있으니까. 결국, 동물진료비는 해당 동물이 진료비용을 내는 것이 아니고 보호자가 지불하는 것이기에, 사람을 만족시키는 것이 중요하다. 다시 말해, 수의사는 인간과 동물을 동시에 만족시켜야 하는 고차원적인 직업이다. 그래서 나는 애초에 동물을 키우면 돈이 어느 정도는 들어간다고 조언을 해준다. 단, 처음 분양받아서 건강검진을 위해 내원했을 때 기초적인 신체검사와 꼭 필요한 실험실 검사, 키트 검사 정도를 권하고 있다.

그렇게 진료실에 토탈맨이 남기고 간 추억은 진한 향기로 남아 한참을 맴돌다 사라져갔다.

레이가 부릅니다
사랑은... 향기를 남기고

Daily Life 2

자연을 닮은 여자

어떤 직종이나 VIP는 존재한다. 우리 수의업계에서도 물론 있다. 동물병원에서 VIP 고객이란 철저하게 예방접종 잘하고, 동물이 아프면 바로 치료해주며, 진단 및 검사, 정기검진에 신경 쓰는 사람을 뜻한다. 또 하나, 무엇보다 중요한 것은 원장에게 순응하며 병원을 신뢰하고 매사에 친화적인 사람이다. 내 입장에선 그들이 겨울 한파를 헤치고 내원하면, 나의 두 손을 싹싹 비벼 따스히 만들어 고객의 손을 꼬옥 잡고는 '도와줘서 고맙다'고 말하고 싶은 분들이다. 뭘 도와주는지는 잘 아실 것이다. 그런 S급, 선량한 보호자들 덕택에 나는 동물 치료에 보람을 더 느끼며, 수의사라는 직업에 자긍심을 갖고 안정적으로 병원을 운영할 수 있기 때문이다.

어떤 S급 보호자가 있었다. 암컷 말티즈를 키우는 점잖은 기혼녀였는데 그녀는 강아지를 자식처럼 건강하게 잘 키우고 늘 예쁘게 가꿔주었다. 그러던 어느 날, 이학적 검사(시진, 촉진, 타진, 청진 등에 의해 환자의 이상 유무를 조사하는 신체검사법) 도중, 중년에 접어든 말티즈에게서 유선종양이 발견되었다. 반려동물에서 유방암 또는 유선종양은 고양이도 물론 발생하지만 8년령 이상의 암컷 개에게 다발하는 양성/악성종양이다. 특히 유두가 8~12개에 달하는 암컷 개들에게서 발생 빈도가 매우 높은 암에 속한다. 1년령 때 중성화수술을 미리 해주면 유선종양 발병을 미연에 예방할 수도 있다.

나: (유두를 조물조물하며) 유방암이 생겼네요?

근엄한 표정으로 종괴(mass, 어떤 덩어리)의 존재를 알렸다.

VIP 보호자: 네, 알고 있어요.

그녀는 심드렁하게 대답했다.

그 태연함에 나는 순간 깜짝 놀랐으나 그래도 명색이 전문가니까 포커페이스를 유지했다.

나: (진지하게 미간에 주름 지으며) 더 커지기 전에 이건 수술을 빨리해줘야 합니다!

다른 암도 마찬가지지만 특히 유선종양은 빠른 수술적 제거가 효과적인 치료법이다.

VIP 보호자: (마치 선언하듯) 안 하려고요!

이럴 때 치료 거부는 대부분 금전적인 이유 때문인데, 설마 재정적인 압박이 온 걸까. 수술비는 아직 언급조차 안 했는데. 아니면 마취에 대한 두려움, 수술에 대한 막연한 거부감 때문일까. 자못 그 이유가 궁금해졌다. 특히 그간 보여준 그녀의 행보는 수의사가 좋아하는 이른바 S급의 착실한 반려견주였기에 거절의 이유를 더욱 알고 싶었다.

나: (당황하며) 왜요?
VIP 보호자: (담담히) 자연스럽게 키우려고요.

자연스럽게? 내추럴하게? 순리적으로?

순간 진료실엔 무거운 정적이 감돌았고, 내 입에선 먼지가 일었다. 덩달아 머릿속은 하얘지고 아득해졌다. 그녀의 복장을 다시금 확인했다. 히피는 아니었다. 암담했다.

이 얼마나 깃털처럼 가벼운 수의학인가!
이 얼마나 살벌한 생명존중이란 말인가!

그 후 나는 그녀가 내원할 때마다 수술을 거듭 설득하였지만, 보호자는 끝까지 거부하며 종괴가 자라나는 것을 수개월 동안 무표정하게 지켜보았다. 그건 마치 자신의 굳은 심지를 신념으로 승화시킨, 노자와 장자도 울고 갈 잔인한 무위(無爲 : 아무것도 하지 않음) 이데올로기였다. 더구나 그날 마지막으로 던진 그녀의 말이 나의 가슴을 더 옥죄었다.

VIP 보호자: (약간 상기된 얼굴로) 남편도 그렇게 하자고 하네요.

이 얼마나 검은 머리 파 뿌리 같은 백년해로 부창부수란 말인가!
이 얼마나 자연주의 실천에 목숨을 내던진 숭고함이란 말인가!

가관이었다. 그들의 결정이 뻔뻔한 방임이거나 의도적인 동물 학대인 것만 같아 무서웠다. 이 황당한 종양 수술 거부 사건 이후 나는 한동안 사람이 무서워서 줄곧 피해 다녔고, 성실한 반려동물 보호자들도 다시 보게 되었다.

무릇 '사랑'이란 단어의 참뜻을 알지 못한 나는 흰 가운 차림으로 이육사 시인처럼 광야를 헤매었다.

김광석이 부릅니다
너무 아픈 사랑은 사랑이 아니었음을

Daily Life 3

가장 아름답고 슬픈 이별

VVIP 보호자가 있었다. 건강한 시츄를 키우던 50대 기혼녀였는데 우리 병원에 다닌 지는 10년 가까이 되었다. 그녀는 연 2회 종합검진과 추가접종, 연중 심장사상충, 외부구충을 빠짐없이 해주었다. 또한, 방광결석 관리, 매달 초음파 재검사, 애견용품 구매, 미용과 목욕 등을 정기적으로 실시했다. 그야말로 우리 동물병원에 매주 방문하다시피 하였던 보호자였다. 반려견을 최상으로 관리하는 아주아주 리스펙, VIP 고객이었다. 다시 말해 동물병원 운영 면에서 많은 경제적 도움을 주시는, 하늘이 내린 선물과도 같은 보호자와 강아지였다.

복이 많게도 그 시츄는 굉장히 건강했고 그 견종에서 흔히 발생하는 외이염, 피부염조차 앓지 않았다. 보호자의 말로는 어릴 때 심한 피부염을 앓아서 고생했는데 우연히 해수욕장에 놀러 갔다가 강아지가 바다에서 수영한 후 감쪽같이 나았다고 술회하였다. 하여 1년 1회 정도 바다에 일부러 데려가서 수영을 시키며 피부염을 예방한다는 팁도 전했다. 물론 증명된 방법은 절대 아니다. 염분 때문에 오히려 피부염이 악화될 수 있다.

그 보호자는 본인이 개털 알레르기가 매우 심해 집에서 강아지를 목욕시킬 수 없었다. 하여, 강아지의 몸털을 늘 짧게 관리했고 매주 정기적으로 우리 병원에 목욕을 맡기러 내원했다. 단순한 목욕이었지만 그녀는 예약시간을 정말 잘 지켰다. 혹여 개인 사정으로 취소해야 할 경우엔 반드시 미리 전화를 주었던 세심한 고객이었다.

보호자는 목욕을 맡기러 올 때마다 목욕비를 계산하면서 애견미용사에게 목욕비보다 더 많은 금액을 팁으로 주었다. 심지어 데스크에는 식사하라며 따로 돈을 챙겨주고 가는 일도 많았다. 믿기지 않겠지만, 실제 그런 사람이 존재했다. 처음에는 나조차 그분의 행보를 믿을 수 없었다. 그녀와 관계 맺으며 '돈은 저렇게 쓰는 거구나' 하는 생각이 들기도 했다. 분명 여러 면에서 배울 점이 많은 사람이었다. 그야말로 사람을 정말 기분 좋게 해주는 슬기로운 소비생활이었다. 매번 1만 원 대가를 내고 10만

원을 팁으로 주었으니 이 얼마나 고상한 씀씀이인가. 그렇다고 해서 나는 그녀에게 소위 '빨대를 꽂진' 않았다. 난 그런 성격도 못될뿐더러 사실 강아지가 건강해서 꽂을 것도 없었다. 대신 나는 수의사로서 할 수 있는 선에서 강아지를 정성껏 돌봐주었다.

더욱 놀라운 점은 그녀는 매사에 매우 겸손했으며 나와 우리 직원들에게 늘 예의를 지켰다는 것이다. 병원에서 같이 기다리는 다른 고객에게 다정다감했고, 자신이 얼마나 강아지에게 돈을 들이는지 절대 발설하지 않았으며, 그 어떤 것도 자랑조차 하지 않았다. 간혹, 허세 많은 주인은 "이놈이 얼마를 잡아먹은 줄 알아요? 한 500은 까먹었을 거야. 야가 쓴 돈이 우리 집에서 제일 많아요." 혹은 "이 돈 덩어리는 소고기를 매일 먹어요. 나는 소고기를 언제 먹어봤어야지!" 라며 우회적으로 자화자찬을 늘어놓기에, 그녀가 더욱 돋보였다.

또한, 사랑이(강아지 이름)가 대소변을 싸면 무척 미안해하며 스스로 처리했고 진료나 미용 순서를 언제나 잘 지켰다. 그녀는 공공의식이 뛰어났고 모든 일 처리에 철두철미했지만 움직임은 여유로웠으며 또한, 성격은 소탈했다. 정말 두 손을 꼬옥 잡고, 애정의 눈빛으로 "도와줘서 진정 감사하다"고 울먹이고 싶은 고마운 고객이었다. 한술 더 떠서 입장하실 때 레드카펫을 깔아 드리고 싶었고, 가실 때도 고이 문을 열어드리고 싶은 소중한 손님이었다. 두술 더 떠서 간, 쓸개 다 빼서 이식해주고 싶을 정도로 정말 대단한 단골이었다.

아무튼, 무려 18살이 되어가는 시츄, 사랑이는 무탈하게 잘 먹고 잘 지냈다.

그러던 어느 날, 사랑이는 평소와 다름없이 목욕하던 중에 순간적인 경련을 일으켰다. 열 살이 넘은 강아지들은 위험성 때문에 미용, 목욕을 자제시켰는데 워낙 친화적인 고객의 강아지였던지라 우리 쪽에서도 최대한 배려를 했다. 사랑이의 갑작스러운 발작에 미용사는 식겁했고 나 또한 심히 걱정되었다. 노견이라 날이 갈수록 응급한 사태의 발생 위험이 늘어만 갔다. 결국 나는 보호자에게 어렵게 말을 꺼내며 그녀를 설득해야 했다.

나: 사랑이가 꽉 찬 노령견이라서 스트레스에 취약합니다. 이제 가정에서 씻기셔야겠습니다.

고객이 매정하게 느낄지도 모르나, 사고를 방지하기 위해 어쩔 수 없었다. 그러나 보호자는 자신이 알레르기가 너무 심해 홈케어가 불가능하니 불의의 사고를 감수하더라도 케어를 부탁한다고 했다. 보호자의 간곡한 요청에 몹시 부담감을 느꼈지만 어찌할 방도가 없었다. 그러나 안타깝게도 그 이후 목욕을 하던 중 또 순간적인 경기가 와서 우린 더는 미룰 수 없었다. 결국, 계속된 설득 끝에 보호자는 수긍하였고 그 후 그녀는 목욕과 미용 목적으론 내원하지 않았다.

보호자에게 미안했지만 사고는 언제든지 일어날 수 있고, 또 막상 사태가 벌어지면 돌변할 수 있는 게 보편적인 보호자들의 심정이기에 어려운 결정을 해야만 했다. 그렇게 그녀는 자의 반, 타의 반으로 띄엄띄엄 내원하게 되었다. 그래도 그녀는 꼬박꼬박 필요한 용품 구매와 진료, 접종을 게을리하지 않았다. 어느 날 오랜만에 찾아온 보호자에게 그동안 어떻게 강아지의 털관리를 했냐고 물었더니 노견 전문 미용실에 다녔다고 했다. 받아주는 곳이 있어서 다행이었다. 끝까지 못 돌봐줘서 미안하다고 말하자 그녀는 사랑이가 그럴 나이가 이미 됐다고 말했다.

2018년 말, 마지막으로 사랑이의 건강한 모습을 체크했다. 워낙 건강 체질이라 18년이란 나이가 믿기지 않을 정도로 치아, 피모, 심폐기능 등이 월등했다. 정말 방송 출연을 권유할 정도의 나이와 외모였다. 활력, 식욕이 왕성했고 벤자민 버튼처럼 시간을 거슬러 오르는 참으로 듬직한 건강견이었다. 그러나 그 건강함의 저력 뒤에는 18년간 돌봐준 보호자의 헌신적인 노력과 케어가 꼭꼭 숨어 있었다.

2019년 2월, 내원이 뜸해진 지 대략 2개월이 지났을까.

나는 2월 14일, 발렌타인데이에 불의의 사고를 당해 갑자기 병원 신세를 지게 되었다. 무릎뼈가 골절되어 한동안 사경을 헤맸고 장기간 입원을 해야 했다. 그로 인해 내 동물병원을 돌보지 못하였고, 직원들만 출근하는 사상 초유의 시련을 겪어야 했다. 급작스럽게 2번에 걸친 대수술로 진료 공백이 생긴 동물병원은 그야말로 아수라장이 되었다. 오던 손님들이 그냥 돌아가고, 정기적으로 심장약을 타가는 고객들도 안절부절못하며 원장은 언제 나오느냐고 항의했다. 수의 테크니션(동물병원 진료 보조 인력) 선생들이 이 모든 걸 커버하며 버티고 있었던, 말 그대로 존버의 계절이었다.

그러던 어느 날, 사투를 벌이며 병원에 누워 있는데 김쌤으로부터 전화가 왔다.

김쌤: 원장님~!

나: (낑낑대며) 왜요?

김쌤: 사랑이가 많이 아파요.

나: (상체를 일으키며) 뭐요? 건강했잖아요!

김쌤: 엄청 심각하대요.

나: (인상을 쓰며) 설마?

김쌤: 잘 지내다가 갑자기 살이 빠지고 토하고 그랬는데 원장님 안 계셔서 다른 병원 가서 검사했나 봐요.

나: 그래? 거기서 뭐라 그랬는데?

김쌤: 신부전(콩팥병)이라고 그랬나 봐요.

나: 아이고!

올 것이 왔구나. 내 가슴이 다 무너졌다.

김쌤: 거기서 한 번 치료하고 약을 타 왔나 봐요. 근데 아무 효과도 없대요.

나: 저런!

나는 해줄 말이 없어 망연자실했다. 신부전은 사람이건 동물이건 마치 무고한 형벌처럼 좀처럼 치료가 쉽지 않은 중증질환이기에 그 안타까움은 짙었다. 결국, 나는 어쩔 수 없이 급히 대진 수의사(대신 진료를 봐주는 아르바이트 선생님)를 구인하기로 맘먹었다.

나: 빨리 진료 수의사를 구해볼게요. 사랑이 봐주도록. 보호자님께 죄송하다고 말씀드려줘요.

나도 다치고 사랑이도 아프고 악재가 겹쳤다. 약속한 날, 대진 수의사가 출근하여 비로소 기본적인 진료가 가능해졌다. 하지만 매출은 형편없었고 덕분에 주변 병원은 겨울 불경기에 웬 떡이냐, 입이 찢어져 있었다.(물론 이건 내 추측이다) 아무튼 그때 나는 생활비도 부족했고 병원비도 낭비하며 경제적으로 정말 궁핍한 나날을 보내야만 했다.

며칠 후에 김쌤이 입원 중인 나에게 또다시 전화를 걸어왔다.

김쌤: 사랑이 보호자 분이 전화하셨어요. 상태가 안 좋아서 진료 온다는데요.

나: 그래. 대진 쌤이 잘 봐주실 거야.

김쌤: 네!!

그렇게 전화를 끊었다.

그리고 얼마 후 다시 김쌤으로부터 전화가 왔다.

김쌤: 대진 수의사쌤이 신부전 말기라 힘들겠다고 하시네요.

나: 그래요? 너무 안타깝다. 어쩌지? 약은 챙겨드렸어요?

김쌤: 네. 대진쌤이 챙겨는 드렸는데 자꾸 토해서 약을 먹을 수 있을까 싶다네요.

원치 않던 이별의 순간이 점점 다가오고 있었다.

나는 그 전조를 온라인으로도 느낄 수 있었다. 그리고 며칠 뒤,

김쌤: 원장님! 사랑이가 약도 안 먹고 계속 토하고 다리를 쭉 뻗고 발작을 계속한대요.

나: 아이고 저런!

오줌 독성물질이 뇌까지 퍼져버린, 요독성 뇌병증(uremic enc ephalopathy) 발작 같았다. 너무 건강한 견공이었는데 정말 마음이 저려 왔다. 매사 긍정적이고 언제나 잘 먹고 쾌활하던 아이였는데……. 신부전 투병한 지 2주 정도 되었을 무렵 김쌤에게서 또다시 전화가 걸려왔다.

김쌤: 보호자 분이 결정하신 거 같아요. 보호자님이 심장이 안 좋으셔서 사랑이가 경련할 때마다 심장이 두근거려서 더는 못 보겠다고 하시네요.

결국 올 것이 왔다. 안락사 이야기인 것 같았다.

나: 오죽하면 그러시겠어! 보통 분도 아니고.

김쌤: 아이가 너무 아파하니까 힘드시대요.

나: 그래 우리가 도와줘야겠네.

김쌤: 근데 원장님! 보호자님이 원장님을 찾아요!

나: 대진쌤이 있잖아!

김쌤: 원장님 수술하고 입원 중이신 거 말씀드렸는데 보호자님이 너무 송구한데 부탁한다고 하시네요. 원장님이 그동안 돌봐주셔서 원장님에게 맡기고 싶다고 하시네요. 어떡하죠?

나: …….

대뇌피질의 언어영역에서 나는 어떠한 단어도 선택하지 못하여, 할 말을 잃었고 한참 생각에 빠졌다. 악몽과 고통으로 몸부림치던 혹한기를 견디고 있어 사실 나를 추스르는 것조차 버거웠다. 기약 없이 누워 거동을 못 하는 상태였고, 입원 기간은 계속 길어져 누군가를 돌볼 심적인 겨를도 없었다.

나: 내가 도와줘야겠지?

김쌤: 못 움직이시지 않아요? 오실 수 있으시겠어요?

나: 정형외과에 물어보고 가능하면 나가보도록 노력할게요.

청천벽력 같은 사고를 당한 나였기에 내 몸 하나 건사하기도 벅차서 정말 남을 걱정할 입장이 아니었다. 마음은 이미 가뭄처럼 메말라 있었고, 한 치 앞이 보이지 않아 어둑한 골목을 방황하고 있던 시간이었다.

나: 그래……! 내가 노력해볼게. 말씀드려봐요.

김쌤: 보호자님이 너무 죄송하다네요. 아이가 너무 힘들어해서 미안한데 최대한 부탁한다고 전해달라고 하시네요.

나: 응. 내가 움직여볼게요. 약속시간 잡아 봐요.

김쌤: 빠를수록 좋다 하시는데, 내일로 잡아볼까요?

나: 네. 1시로 일단 잡아주세요.

나 또한, 입원 중인 정형외과 원장에게 허락을 받아야 했다. 조심해야 할 시기라 고정을 잘해야 하며 넘어지지 않게 주의해야 한다는 경고를 듣고는 겨우 외출 허가를 받을 수 있었다. 마음은 착잡했지만 사랑이를 떠나보내는 것에 미약하나마 조력하고 싶었다. 다음 날, 나는 좌측 다리 전체에 통 깁스를 한 채 목발을 짚고 정형외과를 나섰다. 한겨울에 입원했는데 거리에는 이런 개나리가 흐드러져 있었고, 봄기운은 완연해서 마치 다른 세상에 온 듯했다. 아이러니하게도 기분이 설레었다. 아내의 부축을 받고 힘겹게 동물병원에 도착했다. 내 일터지만 오랜만이라 생경했다. 그리곤 오랜만에 보는 직원들과 뜨겁게 조우했다. 목발을 짚고 절룩거리는 원장을 보고 다들 이게 무슨 날벼락인가 하는 걱정 어린 눈빛을 보냈다. 믿기지 않는 현실에 나조차 울컥했다. 하지만 다가올 중요한 일이 있기에 얼른 마음을 다잡았다.

나: 나 괜찮아! 괜찮아!

1시 정각이 되자, 보호자와 사랑이가 도착했다. 힘없이 축 처져있는 사랑이를 보는 순간 마음이 쓰라렸다. 5kg이 넘는 체중이었는데, 살이 많이 빠져있었고 눈빛이 힘들어 보였다. 그 아름답던 육체와 건강한 정신은 송두리째 사라지고, 고통과 노쇠한 육신만이 남아있었다. 어찌 이렇게 급변할 수 있단 말인가!

믿기지 않았지만, 현실은 레알 리얼했다. 생(生)이 있으면 사(死)가 있는 것이 생명이기에 사그라지는 생의 꽃은 눈앞에 다가와 나에게 작별인사를 건네고 있었다. 왜 내가 계속 더 열심히 돌보지 못했을까, 하는 아쉬움이 들었다. 왜 하필 또 내가 아플 때 이 아이도 고통을 겪는 것일까. 동병상련의 평행이론이 가슴을 후벼 팠다. 명치 주변에 금세 멍울이 들어 움직일 때마다 쿡쿡 아려왔다.

생명이… 사랑이 이렇게 또 저무는구나!
영원한 것은 결코 없는 것이구나!

우린 늘 영원한 사랑을 약속하지만 그건 불가능한 공염불에 불과하다는 것을 또 한 번 느꼈다. 이 세상 모든 사물과 감정, 영혼은 시나브로, 결국엔 퇴색되어 버린다는 것을 나는 그 순간에 되뇌고 또 상기하였다. 비참하지만 우리 생명체는 그렇게 살아가는 유한한 운명이다.

목발을 짚고 있던 나를 본 보호자는 무척이나 미안해했고 거듭 사과를 하였다.

나: 아니에요. 제가 그동안 돌봐주었으니 제 손에 보내주는 것이 맞고, 또 그렇게 해주고 싶네요.

김쌤이 사랑이를 받아 안고 진료실로 들어왔다. 거죽은 힘이 없었고 피모는 거칠었으며 앙상한 육체는 볼품이 없었다. 표정은 고통에 일그러져 있었으며 제 몸도 지탱하지 못하고 비실비실 비틀거렸다. 이런 아이가 아니었는데 불과 몇 달 사이에 이토록 악화되다니. 참으로 슬프고 가여웠다.

그러나 개의 수명이 보통 15년인데, 18년 이상 된 나이를 고려하면 전혀 이상할 것 없는 노환에 속했다. 그동안 무척 건강하게 살아왔던 것이 더 이상했을 정도였다. 보호자도 15년령이 넘어가면서 여명이라며, 축복이라고 여기고 정성껏 돌봐왔다. 그래서 워낙 노령이라 보호자도 이별을 담담히 받아들였고 애달픈 고통의 바다에서 아이를 빨리 놓아주고 싶어했다. 그러나 그 슬픔의 깊이와 넓이는 결코 가볍지 않았다.

보호자: 부탁드립니다.

보호자는 끝내 울먹였고, 마지막을 볼 자신이 없다면서 병원 밖으로 나가 못내 서성였다. 나는 아이를 만지작거렸다. 나는 사의 영역으로 들어가 사랑이의 영면을 그저 돕고 싶었다. 고통스러웠지만 의사는 생과 사, 모두를 관장하는 헬퍼이기에 이 의식 또한 외면하고 싶진 않았다. 한참을 쓰다듬으며 그동안의 추억을 리마인드하던 나는 아이에게 정맥 카테터(혈관주사를 맞도록 핏줄에 장치를 다는 것)를 달아 전신마취를 하고 사랑이가 완전히 잠든 것을 확인하고 안락사 약물을 주입하였다. 마지막 잎새처럼 위태롭게 흔들리던, 연약한 한 생명은 그렇게 조용히 이승의 요단강을 건너갔다.

삶과 죽음의 경계를 넘나드는 것이 뭐 이리 간단한지. 삶의 무게란 이리도 가벼운 걸까. 울컥하며 속으로 자문했다. 허망함은 폐부를 찌를 듯이 솟아올랐다. 테라스에서 서성이던 보호자에게 사랑이의 사망 선고를 알렸고 그녀는 나를 따라 진료실로 들어와서 식어가는 아이의 육체를 차분히 응시하며 뜨거운 눈물을 흘렸다.

보호자: 잘 가! 아가! 고생했고 고마웠다!! 사랑해!!

김쌤, 이쌤도 동시에 눈물을 흘렸지만 나는 마음으로만 한없이 울먹였다. 사실 내 처지도 그렇고 사랑이도 떠나서 와락 울고 싶은 심정이었다. 하지만 누군가는 냉정해야만 했기 때문에 애써 건조한 말을 내뱉으며 참고 참았다.

나: 편히 잘 간 것 같아요.

기껏 뱉은 문장은 준비한 멘트처럼 입에서 잘도 나왔다. 이런 내가 참 얄미웠다. 한참을 울던 그녀는 심장이 떨려 장례식장에는 도저히 동행하지 못하겠다고 하였고, 사랑이의 마지막까지 부탁한다고 말했다. 끝까지 지켜주고 싶지만 심약한 분이라서 장례 과정을 견디기 힘들 거라 생각했다. 18년을 키웠으니 그 고통은 말해 무엇하랴! 여린 분이기에 나는 그 진정성을 믿어 의심치 않았다. 그녀는 잘 부탁한다고 스텝들에게 인사하고 나에게 따로 고개를 숙였다.

보호자: 마지막까지 함께해주셔서 감사합니다. 몸도 불편하신데 도와주셔서 고맙습니다.

나: 아닙니다. 끝까지 못 봐 드려서 죄송합니다. 더 오래 살 수 있었는데 아쉽네요. 사랑이는 잘 보내주겠습니다. 유골이 도착하면 연락드리겠습니다.

나조차 버거운 침잠의 시절에 있었던 감동적인 이별식과 슬프고도 아렸던 안락사였다.

컴퓨터의 차트에서 사랑이를 사망처리 하고선 애잔함에 한동안 멍하니 앉아있었다. 매출을 떠나서 바른 애견인과 건강한 반려동물을 다시 볼 수 없다는 큰 허탈함이었다. 보호자는 떠났고, 사랑이는 반려동물 장례업체에 맡겨졌고 며칠 뒤 한 줌의 유골이 되어 돌아왔다. 보호자는 사랑이의 유골함을 보자마자 또 펑펑 울었고, 그 모습을 보고 있자니 펫로스 증후군(반려동물과의 이별로 보호자가 겪는 정신적 고통)으로 한동안 많이 힘들겠다는 걱정이 밀려들었다.

그녀는 어쩌면 가장 바람직한 반려동물 키우기를 보여준 보호자일 것이다. 올바른 전 생애 돌보기, 병원 케어, 마지막 보내기까지 훌륭한 보호자의 표본이었다. 사랑스런 강아지와 각별한 보호자의 콜라보는 가히 아름다웠고, 인간적인 면에서도 그녀는 고매한 품격의 소유자였다. 시일이 지나 가끔 거리에서 그 보호자를 만나면, 그녀는 나를 향해 활짝 웃으며 말한다. 18년간 사랑이를 키우면서 한 번도 편하게 가지 못했던 여행을 요즘 다니고 있다고. 시원섭섭하다는 말도 빼놓지 않는다. 또 가끔 우리 병원에 놀러 오셔서 사랑이와의 추억을 곱씹기도 한다.

사랑이의 빈자리가 커서 지금도 자주 생각나고 그립다며 금세 눈시울을 붉히신다.

보호자: 강아지를 또 키우고는 싶은데……. 엄두가 안 나요. 보내는 게 보통이 아니네요.

나: 그렇죠. 키울 때는 좋지만 헤어짐도 있으니. 마음이 내킬 때 착한 아이로 데려오세요!

사랑은 다른 사랑으로 잊는 것이기에 그녀가 새로운 인연을 만나 아름다운 사랑을 키워가길 마음 깊이 기원해본다.

김건모가 부릅니다
아름다운 이별

* 덧붙임

핵가족화, 비혼, 1인 가족의 증가로 반려동물 사육이 보편화된 지 꽤 됐다. 반려동물 1,500만 가구 시대라고 한다. 생명에 대한 사랑은 위대한 인류애이자 아름다운 이타심이기에 고결한 문화 현상이다. 하지만 그 인기에 부합하여 반려동물 문화의 성숙이 절실히 요구되는 때이다. 무책임한 분양과 동물유기가 증가하고 있으며, 동물권에 대한 사회의식이 미흡한 것이 현실이다.

반려동물을 키우고 싶다면, 부디 심사숙고하였으면 좋겠다. 내 환경에 적절한 동물 종류와 품종은 무엇인지, 다견/다묘 가정이 되길 원할 경우, 한 마리 이상을 감당할 수 있을지 진지하게 고민해 보아야 한다. 또한, 나는 동물에게 기본적인 요건을 충족해 줄 수 있는지, 더욱이 동물에게 의료적인 혜택을 줄 수 있는 경제력이 있는지, 정기적인 운동을 시켜줄 시간이 있는지를 고려해야 한다.

반려동물과 함께하는 것은 한 생명을 죽을 때까지 오롯이 키워내는 과정이다. 자견, 자묘는 대부분 건강하고 아름답다. 하지만 이들도 사람처럼 나이 먹는 것이 당연하다. 하여 나이가 들어간다는 것은 누구나 서글프고, 동물도 마찬가지다. 늙을수록 병이 생기고 활력이 떨어진다. 노령견, 노령묘를 돌보는 것은 그만큼 정성과 시간이 많이 들어간다. 그러므로 사랑의 깊이에 걸맞은 케어가 필요하다. 또한, 뜻하지 않은 질병에 대한 치료비용도 감수해야 한다.

사랑에는 반드시 책임과 의무가 따름을 우리 잊지 말자. 그래도 반려동물과의 교감은 숭고하고 그 애정은 각별하다. 그러하기에 이 땅에서 반려동물을 키우는 수많은 집사들의 노력은 실로 아름답고, 그 동물들을 돌보는 수의사들의 노고는 신성한 가치가 있다.

Daily Life 4

철사를 삼킨 개

2016년 4월 20일. 2개월 된 블랙 라브라도 리트리버 4kg 암컷 강아지가 처음 내원했다. 보호자는 분양 후 확인차 기초적인 건강검진을 원했다. 우선 파보 장염 키트 검사와 이학적 검사를 실시하였다. 외관상 특이사항은 없었고, 파보바이러스도 음성이었다. 일주일 뒤 2차 접종을 위해 다시 왔을 때 강아지는 다른 개에게 등을 물려 피부가 벌어진 상태였다. 나는 부분마취를 하고 창연 정리(좌상부위를 위생적으로 정돈)를 한 후 피부를 3땀 정도 봉합해주었다.

2주 후 보호자는 3차 접종을 하러 다시 내원했고 온 김에 실밥 제거도 함께 진행했다. 전신 상태가 좋았고 활력, 식욕이 왕성했다. 그러나 청천벽력같이, 접종이 완벽하지 않았던 강아지는 각종 스트레스와 전염병 노출로 뜻밖에 홍역(디스템퍼. 바이러스 질환으로 폐렴, 장염, 결막염, 뇌염 등 중증 질환을 일으킴. 백신 접종으로 예방할 수 있다)에 걸려서 오랜 시간 투병해야만 했다. 갑자기 눈곱이 많이 끼고 식욕부진을 호소했다. 급기야 기침과 노란 콧물을 동반하더니 세균성 폐렴이 합병되어 생사를 오갔다.

증상 호전이 더디자 나는 혈청치료(높은 항체 역가의 혈액 성분을 주입하는 방법)를 권유했고 동물혈액은행에서 퀵서비스로 급하게 혈액을 받아 투여하며 강아지를 살리려고 갖은 애를 썼다. 다행히 집중적인 치료 덕분에 2주가 지나가자 홍역에 걸린 강아지는 건강을 점점 되찾았고 지난한 시간인 4주를 꼬박 채우자 증상은 매우 호전되어 거의 정상 생활이 가능해졌다. 5주가 넘어가자 디스템퍼(홍역)는 신경 증상으로 발전하지 않고 거의 완치 되었다. 운이 좋게 홍역에서 회복된 리트리버는 내과적인 치료를 마치고 2주를 더 쉬자 최상의 컨디션을 유지하였다. 그렇게 건강을 되찾은 강아지는 무사히 5차까지 기초접종을 마무리하며 무럭무럭 성장했다. 그러나 상당한 비용이 들어간 5주간의 홍역 치료로 인해 보호자는 경제적인 부담감을 호소하며 대형견 케어를 버거워했다.

그러던 2016년 7월 9일 더운 여름 토요일 아침, 그 보호자로부터 전화가 걸려왔다. 기존 차트가 있는 보호자의 전화는 컴퓨터에 정보가 미리 떠서 누군지 단번에 알 수 있었다.

김쌤: 아롱이 보호자님 안녕하세요?

보호자: 아롱이가 철사를 삼켰어요.

김쌤: 아이고 저런. 사춘기라서 닥치는 대로 먹을 시기인데, 토는 안 했어요? 철사가 눈에 보여요?

보호자: 네! 철사가 이빨에 걸려있어요!

김쌤: 그래요? 그럼 빨리 오셔서 빼시면 되겠네요. 얼른 오세요. 토요일이라 진료 밀리거든요.

1시간이 지났을까? 주말이라 외래 진료가 제법 있었는데 리트리버 보호자가 아이를 낑낑대며 안고 들이닥쳤다. 데스크에 서서 그 둘을 대면한 김쌤은 놀라운 표정을 지었고, 난 먼발치서 사태의 심각성을 예단했다. 진료 중에 곁눈질로 스캔해보니 아롱이는 표정이 일그러져 꽤 불편해 보였고, 보호자는 격양되어 있었다. 예삿일이 아님을 쉽게 눈치챌 수 있었다. 김쌤은 대기실 의자에 앉아있던 다른 보호자들에게 급히 양해를 구했다.

교통정리 김쌤: 이 친구가 지금 심각해서요. 다들 조금만 기다려주시겠어요? 먼저 오신 분들 죄송합니다. 보호자님, 얼른 몸무게 재고 진료실로 들어가실게요.

다른 보호자들은 사안의 중대성을 인지하여 기꺼이 양보해주었고, 리트리버 보호자는 체중계에 힘겹게 아이를 올렸다.

김쌤: 16.6 kg네요. 빨리 진료실로 들어가세요.

나는 한참 진료를 보고 있던 동물의 보호자에게 급히 양해를 구하고는 철사견을 진료실로 입장시켰다. 리트리버 아롱이는 그렇게 진료실에 들어왔다. 딱 보자마자 그 모습이 기이해서 도저히 말로 형용하기 힘들 정도였다. 철사가 이빨에 낀 것이 아니었다. 그냥 철사도 아니고 얇은 철근이었다. 리트리버 입에서 전방으로 철근이 10㎝ 정도 나온 상태로 아롱이가 그걸 물고 있었다. 이해할 수 없는 모습과 사태를 나는 받아들이기 힘들었다. 철근을 만지작거리며 보호자에게 긴히 물었다.

황당한 원장: 뭐죠? 어떻게 된 거죠?

아롱이 보호자: 회사 밖에서 키우는데 뭘 주워 먹은 건지 아침에

가보니까 낑낑대면서 이러고 있었어요.

어찌 이걸 삼킬 수 있단 말인가? 제 아무리 동물이라지만, 아무리 먹성 좋은 견종이라지만 상상을 뛰어넘을 정도로 큰 이물질이었다. 아연했고, 암담했고, 또 비참했다. 철사를 조금만 건들어도 강아지는 침을 질질 흘리며 마구 비명을 질러댔고 엄청난 고통에 몸부림쳤다.

나: 아가 미안하다. 내가 도와줄게.

철사를 잡아당겨 봤다. 1~2센티 나오고 뭔가 걸려있어 더는 나오지 않았고 강아지는 더 자지러졌다. 이젠 좀 밀어 넣어 봤다. 들어가지도 않았다. 진퇴양난이란 말을 이럴 때 쓰는 건가! 독백했다. 강아지는 힘겨워했지만 나는 그 행동을 수차례 반복했다. 목에 걸려있을까? 대체 뭐지 이 물체는? 머리가 지끈거렸다.

나: 일단 더 들어가지 않게 철사를 구부릴게요.

나는 순식간에 추억의 아침드라마 '한지붕 세 가족'의 순돌이 아빠가 되어야 했다. 몸서리치는 강아지를 돕고 싶어서 급히 다용도실에서 허우적거렸고 우당탕 물건들이 제멋대로 나뒹굴었다. 펜치 2개를 용케도 찾아서 진료실로 내달렸다. 사실 다용도실에서 진료실까지 지척이긴 하다. 큰 걸음으로 딱 한걸음이다. 15평 병원에서 뭘 더 바라겠나.

나: 김쌤! 입 앞에서 철사를 꽉 잡아! 흔들리면 얘가 아프니까!

김쌤은 강아지와 철사를 붙잡았고 나는 입 앞으로 나온 철근을 두 펜치로 잡고 끝 부분을 90도 각도로 꺾으려 했다. 그러나 철근이 너무 두꺼워 용을 써도 쉽게 구부러지지 않았다. 나름 완력에도 꿈쩍 않는 걸 보면 얼마나 그 철사가 두꺼웠는지 미뤄 짐작할 수 있었다. 그래도 있는 힘껏, 젖 먹던 힘까지 다 합쳐 정형외과 수술 시 수내정(주로 골절 시 뼛속에 집어넣는 의료용 철사핀)을 비틀듯이 으악 소리를 지르며 꺾었다. 90도까진 도저히 꺾지 못했고, 60도 정도로 우선 만족해야 했다. 밀려들어 가지는 않겠다는 생각에 일단 안도했다.

진 빠진 원장: 자! 이제 엑스레이 찍어볼게요.

불과 세 걸음을 떼면 방사선 촬영실이었다. 병원은 참 더티하게 좁았다. 나름 디지털 엑스레이라서 자부심 뿜뿜이던 공간이라 그래도 어깨를 활짝 펴고 촬영 준비를 했다. 체중이 16kg인지라, 버거웠지만 좌충우돌 김쌤과 협력하여 겨우 흉부 샷을 2장 찍는데 성공했다. 아롱이는 조금만 움직여도 몹시 아팠을 텐데 온순한 리트리버 견종이라 그런지 잘 참아냈다. 참으로 대견했다.

잠시 후 모니터에 방사선 사진이 나왔고, 그걸 본 나는 내 눈을 의심해야만 했다. 가슴에 철사가 오버랩 되어 있었다. 사실 처음엔 사진이 잘못 나온 줄 알았다. 촬영테이블 아크릴 바닥에 누가 물건을 두었나 싶어 눈이 갔다. 아무것도 없었다. 아티팩트(artifact. 인공물)가 전혀 아니었다. 철사는 아이의 몸속에 깊이 박혀 있었다. 그 충격적인 사진은 4년이 지났지만 지금도 너무나 선명해 뇌에 깊이 각인되어 있다. 또한, 당시 같이 사진을 보았던 김쌤은 그 트라우마 때문에 지금도 신규 블랙 라브라도 리트리버가 내원하면 상당히 주저하며 진료실에 절대 들어오지 않는다.

어찌 이런 일이 다 있지? SBS '세상에 이런 일이' 촬영팀을 급히 소환해야 할 것 같은 화제성 케이스였다. 철근이 하부 식도에 단단히 자리 잡고 있었다. 가슴에 U자형 쇠못이 박혀 있었다. 다시 정확히 세 걸음을 걸어 진료실로 온 나는 모니터를 보호자에게 보여주며 이 상황을 따져 물었다. 전문가가 비전문가에게 전문적인 소견을 물었다. 한심했지만 그땐 나도 문외한이 될 수밖에 없는 이해 불가한 상황이었다.

나: 이게 도대체 가능한가요? 이건 둘 중 하나인데 이걸 누가 쑤셔 박았거나 스스로 삼킨 건데요.

지나가는 초딩도 추리 가능한 말을 마치 셜록 홈즈처럼 무게 잡고 나불댔다.

아롱이 보호자: 그러게요.

나: (턱에 손을 괴며 나름 진지하게) 누가 입에 넣었을까요?

아롱이 보호자: 아뇨, 그럴 사람 회사에 없어요, 얼마나 다들 예뻐하는데요. 절대 아닐 거예요.

나: 그래요? 도대체 이게 말이 됩니까? 그럼 이걸 스스로 먹어요? 이 딱딱하고 굵은 것을?

아롱이 보호자: 저도 이해할 수가 없네요. 워낙 잘 먹긴 하는데 이

걸 어찌 먹지? 이게 대체 뭔가요?

나: 제 생각엔……. 애견용 육각 철장 있잖아요. 그 양쪽에 맞댄 구멍을 고정하는 막대기입니다. 이거 집에 있나요?

아롱이 보호자 : 있긴 있죠, 회사에서 가둬 두려고 쓰고 있는데 근데 좀 이상하네요.

나: 뭐가요?

아롱이 보호자: 회사에 있는 것은 은색인데 아롱이가 물고 있는 건 금색이잖아요.

보호자의 예리한 추리력에 감탄한 나는 한방 단단히 먹어서 배가 더부룩했다. 그가 말하는 은색은 일반적으로 우리가 파는 크롬 도금 육각 장을 말하는 것 같았다. 기이하게 입에 박힌 철사는 황금색이었다. 발로 긁어서 도금이 다 벗겨졌을까? 너무도 일관된 금색이라 그 추리는 거리가 있어 보였다. 그러나 지금 한가하게 만담을 나눌 시간이 아니었다. 원인 추정은 그쯤 해두고 강아지에게 빨리 뭔가를 해줘야 할 응급처치 상황이었다.

나: 이걸 빼내야 하는데 말이죠. 식도가 이미 손상됐을 수도 있고 쭉 밀어 넣어서 위 절개로 빼내야 할 것도 같아요. 휜 철근을 최대한

짧게 잘라줘야 위 절개로 빼낼 때 꺼내기가 수월할 텐데. 그냥 잘리는 철사가 아니라서요. 정말 답이 안 나오네요.

진료는 엄청나게 밀려있고 내가 해줄 게 없는 중중 케이스였다. 이건 내 소관이 아님을 금방 시인했다.

형편없는 실력의 원장: 큰 병원 가셔서 내시경이나 위 절개 수술을 해야 할 것 같네요. 제가 뭐 해드릴 것이 없어요. 저흰 내시경이 없답니다.

미천하지만 나의 부족함을 만천하에 순순히 인정했다. 그러나 보호자는 어찌 됐든 내가 해결해 주길 간절히 바라는 눈치였다.

나: 2차 병원 가셔서 확실히 상태를 파악하고 그에 맞는 조치를 해야 할 것 같습니다.

나는 더 정확한 진단과 적절한 조치를 받도록 그에게 조언했다. 동물병원은 모든 과목을 진료하지만 모두 해결할 수 있는 것은 아니다. 더 잘 보는 선생님에게 인계하여 양질의 진료를 받게 하는 것도 현명한 수의사의 도리이자 아픈 동물에 대한 책임감이다. 감당하지 못하는 케이스는 미련 없이 유능한 전문가에서 보내는 게 맞다. 이 경우가 그에 부합했다.

나: 제가 그쪽에 상황 설명을 하고 엑스레이 사진 보내 놓을 테니까 얼른 출발하세요. 시급합니다. 아이가 탈진되어 있고 너무 아파해요.

김쌤은 보호자에게 2차 대형동물병원 주소가 적힌 메모지를 건넸고, 나를 포기한 그는 강아지를 데리고 빠르게 비좁은 1차 병원을 요리조리 잘도 빠져나갔다. 그가 나가고 나는 즉시 수원에 있는, 2차 동물병원 원장에게 전화를 걸었다.

나: 원장님, 이러이러합니다. 강아지는 출발했고 사진을 문자로 일단 보내겠습니다.
2차 병원 원장: 네네! 감사합니다.

그는 늘 친절하고 긍정적이며 싱글벙글하다.
잠시 후 문자로 전송된 엑스레이 사진을 보았는지 그쪽 원장이 내게 연락해왔다.

2차 병원 원장: 듣도 보도 못 한 이물질이네요. 매우 심각한 것 같

은데 도착하면 우선적으로 응급 진료 보고 연락드릴게요.

피드백이 매우 훌륭한 리퍼(진료 의뢰) 동물병원이라 나는 믿어 의심치 않았다.

그로부터 약 3시간 뒤 2차 병원 원장에게 다시금 연락이 왔다.

2차 병원 원장: 진료는 잘 봤고요, 힘든 케이스입니다. 이물질이 커서 내시경도 힘들구요. 박혀서 꺼낼 수도 없고, 식도가 이미 천공(구멍이 뚫림)이 되었으면 흉강이 오염되어 예후가 안 좋을 것 같습니다. 결국, 방법은 위 절개 수술을 해서 당겨 끄집어내야 하는데, 그게 말처럼 쉽지 않을 수도 있겠습니다. 보호자 분에게 최선책으로 위절개를 권유했는데 보호자가 비용 문제 등으로 일단 보류하고 귀가하셨습니다.

머쓱해진 나는 2차 병원 원장과 싱겁게 통화를 끝냈다. 그렇게 1시간이 더 지났을 무렵인, 오후 4시쯤 보호자가 아롱이를 안고 우리 병원으로 다시 내원했다.

아롱이 보호자: 거기는 다녀왔습니다.

나: 네! 진료 보신 원장님과 통화했습니다. 제거 수술 이야기를 하

셨다는데….

아롱이 보호자: 네! 수술해보자고 하는데 일단 비용이 문제구요. 기껏 돈 들여서 수술했는데 100 퍼센트 낫는단 보장이 있을까요?

인의와는 다른 수의학의 온도 차가 드러났다. 의료적인 행위에 가성비를 따지며 100 퍼센트 보장된 예후를 논하기 시작했다. 어쨌든 최대한 노력해 보는 것에 큰 의미를 두는 것이 신성한 의학의 소임일 텐데 동물 치료에서는 자주 비용에 비례한 완벽을 바랐다. 생명에 가격 대비 성능을 언급하는 보호자들로부터 수의사들은 때론 상처를 많이 받는다. 이 남자는 그런 무정한 보호자는 아니었지만, 홍역 치료로 호주머니가 거덜 난 상태라서 이해가 되었다. 그래서 그의 주저함이 다소 안쓰럽기도 했다. 그래도 어쩔 것인가? 이미 벌어진 일, 최선을 다해 수습을 해보는 게 최소한의 생명존중이고 양심적인 인간이 아니겠는가.

나: 그럼 우리 병원에 다시 오셨는데 어떻게 도와드릴까요? 방법도 딱히 없는데…

아롱이 보호자: 그냥 상의하러 왔어요.

안타까웠다. 리트리버 아롱이는 연신 까무러치며 울부짖었다. 입에는 여전히 기묘하게 굵은 철사가 물려 있었고 마치 무슨 표식처럼 그 끝은 둔각으로 휘어 있었다. 철사를 흰 사람은 잘난 수의사, 바로 못난 나였다. 너무도 불쌍한 강아지에 이미 마음을 빼앗긴 나는 조급해졌다. 어떻게 도울까? 잡아당겨도 나오지 않고 무리하게 당기면 식도는 낚싯바늘처럼 꺾인 반대편 모서리에 찢길 것이 분명했다. 그래도 비틀면서 당겨볼까, 들어는 갔으니까 잘만 하면 나오기도 할 것 아냐? 별생각이 다 떠올랐다. 나의 결론은 복부로 위를 절개하여 분문부(식도와 위를 연결하는 지점)로 들어가서 이물질을 견인하면서 제거하는 방법뿐이었다.

나: 수술해보실 거예요?

아롱이 보호자: (체념하며) 그게 최선인가요?

나: 현재로써는 그것이 최후의 선택인 것 같습니다. 만약 이물질이 식도를 이미 손상시켰다면, 그건 2차 감염의 문제라서 예후는 안 좋을 수도 있지만 안 뚫렸다면 잘만 하면 살릴 수도 있을 것 같아요.

과연 이 수술을 할 수나 있는 것일까, 해보기나 한 수술일까, 이게 도덕적으로 온당한 걸까, 온갖 상념이 들었다. '탐색적 개

복술'은 의문이 들 때 열어보고 확인하는 개념이니 그래도 수술에 의미는 있지 않을까. 혼자 이것저것 생각하며 수술의 의의와 위험성, 예측 가능한 경우를 도출했다.

아롱이 보호자: 비용은요?

나: 기본적으로 개복수술인데 비용이 좀 들어가지 않겠습니까?

아롱이 보호자: (가능성에 약간 들떠서) 잠시 통화를 해보구요.

그는 진료실에서 나가 한참을 통화했다. 언뜻 들리는 소리로는 근무하는 회사의 사장과 통화하는 것 같았고, 내용은 가불을 해달라는 통사정이었다. 딱하고 가여웠다. 홍역이 너무도 크게 그의 통장을 앗아갔기 때문이었다. 결렬됐는지 낯빛이 어두워져서 진료실로 들어왔다.

아롱이 보호자: 선생님! 수술비를 마련하지 못할 것 같아요. 사장이 그만하래요. 회사 생활에 방해만 된다고 관두라네요.

다 큰 남자가 울먹이기 시작했다.

나: (침울하게) 그럼 어떻게 도와드릴까요?

아롱이 보호자: 그만하고 싶어요!

나: 그게 무슨 말씀이죠? 치료를 안 하고 그냥 데려가신다고요?

아롱이 보호자: 그냥 보내줄까 봐요.

무슨 의미인지 단박에 알아차렸다. 치료를 포기하고 안락사를 해야 한다는 뜻이었다. 갑자기 안락사를 운운하는 보호자의 말에 나는 3가지 생각을 순식간에 떠올렸다.

하나, 이 아이를 죽게 해서는 안 된다.

둘, 그렇다면 무료로라도 수술을 해주자.

셋, 보호자가 안 키운다면 내가 키우거나 분양을 하자.

이렇게까지 해야 하나 생각이 들었지만, 강아지의 모습이 너무도 참담해서 그저 돕고 싶었다.

나: 보호자님 그건 아닌 거 같은데, 수술을 우선 해보고 비용을 천천히 내시는 방법으로라도 진행하는 건 어떠세요?

아롱이 보호자: 아니요. 그만하고 싶네요. 막상 고쳐서 회사 데려가도 못 키울 형편이에요.

이미 그의 마음은 레진(치과에서 사용하는 인공물질)처럼 단단히 굳어버렸다. 나는 할 말을 잃었다. 이렇게 안타까운 케이스가 세상에 또 있단 말인가? 불과 5개월 된 이 연약한 생명이 꽃이 아니라 새싹도 못 펴보고 무지개다리를 건너야 하는 것일까? 나도 모르게 눈시울을 붉히며 말을 어렵게 꺼냈다.

나: 그럼 그냥 아이를 놔두고 가세요. 제가 고쳐서 키우든지 할게요.

아롱이 보호자:……. 아뇨. 그럴 수는 없습니다. 힘들지만 아이를 보내주는 게 맞는 거 같습니다.

결연한 결자해지(맺은 사람이 푼다)를 말하고 있었다.

과연 뭐가 맞는 거지? 맞는 것이란 게 있을까? 나는 무너져내렸고 고개를 떨구며 자문했다.

나: 그래도 이건 아닌 거 같습니다만…….

아롱이 보호자: 선생님! 그냥 보내줘야 할 것 같습니다. 회사에서도 쫓겨나게 생겼습니다. 강아지 데려왔다고 사장한테 찍혔고, 회사 물건 다 물어뜯어서 천덕꾸러기가 된 상황이라서 치료해서 데려가도 안 되는 지경입니다. 사장이 그만하래요. 적당히 좀 하라네요.

적당한 건 무엇일까? 괴로웠다.

아롱이 보호자: 선생님. 힘드시겠지만 부탁드립니다. 형편이 안 됩니다. 어쩔 수가 없어요.

충혈된 눈에선 진정 어린 눈물이 주르륵 뺨을 타고 내려 턱에 위태롭게 고여 달랑거렸다.

아롱이 보호자: 아롱이가 너무 고통스러워하니까 보내주고 싶습니다. 부탁드립니다.

그는 구토하듯이 오열했고 턱에 맺혀있던 뜨거운 눈물이 흘러내려 진료 테이블은 어느새 흥건했다. 이미 내 손을 떠나버렸고 나의 선택만이 남아있었다. 나는 꽤나 괴로움에 몸부림쳐서 흰 가운은 보기 싫게 주름이 잔뜩 져버렸다. 보호자의 사정과 아이의 상태를 모두 고려해야 했다. 그냥 다른 수의사한테 가보라고 등을 떠밀 수가 없었다. 내가 조력해야만 끝나는 처참한 일이었다. 무거운 침묵은 진료실에 내려앉아 떠나지 않았고, 다들 나의 입만 바라보며 중대 결심을 듣고 싶어 했다. 나의 책임은 엄중했고, 무거운 어깨는 어좁이(어깨가 좁은 사람)처럼 볼

품없이 초라해졌다.

나: 보호자 뜻이 정 그러시다면 돕겠습니다. 하지만 너무 불쌍해서 할 말이 없네요.

나는 안락사를 시술해주리라 어렵게 마음먹었다.
진저리가 났지만, 나의 소명이라면 기꺼이 받아들여야 했다.

나: 다시 한 번만 더 생각해보세요.

혹시 몰라서 어르고 달래고 젖도 물리며 마지막으로 의미 없을 설득을 했다. 남자 보호자는 잠시 머뭇거렸지만 생각하는 소리 따윈 내 귓가에 들려오지 않았다. 이미 확고했다. 번복의 여지란 있을 수 없는, 말도 안 되는 결론이었다.

아롱이 보호자: 그냥 진행해주세요.
나: 음, 알겠습니다. 힘들게 결정하신 거라면 더 아프지 않게 보내주겠습니다.

이런 비참한 경우가 다 있을까? 기묘한 철근이 입에 꽂힌 안타까운 리트리버는 아무것도 모른 채 눈만 끔뻑거리며 침을 질질 흘리고만 있었다. 스스로 삼켰을까? 왜? 왜? 왜? 몹쓸 인간의 짓일까? 맨 정신인 사람이 과연 개의 입 안에 이걸 쑤셔 넣을 수 있을까? 나는 애써 스스로 삼켰다고 생각을 몰아갔다. 가지고 놀다가 낚싯바늘 같아서 나오진 않고 자꾸만 안으로 밀려 들어 갔을 거라 단정 지었다. 인간의 학대로는 도무지 이해가 힘든 철사 두께와 강아지의 덩치였다. 왜 내게 이런 시련이 오는 걸까? 끝없는 질문에 나는 지쳐갔다. 번뇌하면서 뒷걸음치다가 어쩔 수 없이 막다른 골목으로 내몰렸다. 도저히 빠져나갈 수 없었다.

정맥 카테터와 헤파린 캡(카테터에 끼우는 연결마개), 그리고 마취약과 안락사 약물을 준비했다. 보호사 동의서에 서명을 받은 후, 일렁이던 마음을 다잡고 나는 결국 비탄의 안락사를 진행했다.

그렇게 나는 영원히 잊을 수도 없고 잊고만 싶은 일을 저질렀다.

고통에 절규하던 앳된 강아지는 영문도 모른 채 힘없이 쓰러져갔다. 더는 고통이 없기를 바랐지만 그건 그냥 나의 바람일 뿐이었다. 노을 진 하늘은 우울한 잿빛이었다. 보호자는 하염없이 눈물을 흘렸고 우리 모두 따라 울었다. 특히 전 과정을 지켜본 김쌤은 엄청난 충격을 받았다. 그 현장을 도망가고 싶었을지도 모른다. 참담한 결말을 목격한 직원들에게 참으로 미안했고, 그 일련의 과정들이 너무도 서글펐다. 수의학의 한계를 절감했던 고뇌의 시간이었다. 그 보호자의 진정성을 어느 누가 의심하랴? 누구도 비난할 수 없는, 돌이킬 수 없는 선택에 모두가 숙연해졌고 비장한 진료실은 고고하여 괴괴했다. 한참을 울던 보호자는 사후 처리를 문의했고, 우린 장례업체를 안내해줬다. 16kg 덩치에 늘어져 있는 육신을 어디 담을 수도 없어서 우린 전전긍긍했다. 꺼이꺼이 훌쩍이던 보호자는 큰 수건에 싸서 가겠다며 힘겹게 아이를 안고 무거운 발걸음을 옮겼다. 그의 뒷모습은 너무도 측은했고 고독해 보였다.

그는 떠나면서 고맙다는 말을 전했지만 나는 그 인사를 차마 받을 수 없어 고개만 숙였다. 한심하고 창피했던 나는 아무 말도 못 하고 어질러진 진료대를 정리했다. 모두가 조용히 자기 일에 집중했다. 침묵의 동물병원은 그렇게 슬픔에 몹시 젖어 제습기가 필요할 만큼 축축했다. 아니, 기분 나쁘게 눅진하고 눅눅했다.

그럼에도 불구하고 어수선했지만 마음을 다잡고 남은 진료에 최선을 다했다. 토요일은 5시까지 진료시간이었고 금세 마감 시간이 되었다. 리트리버 '아롱이'의 차트에 사망처리를 하고 다시금 방사선 사진을 유심히 들여다보았다. 왜 먹었니? 아가 왜 그랬니? 비통했다. 정리가 끝나고 모두 힘없이 병원 문을 나섰지만, 주말이 썩 그리 유쾌하지 못하리란 눈빛을 교환했다.

나: 다들 고생했고 얼른 들어가서 쉬어, 훌훌 털고!

별 의미 없는 나의 다독임에 다들 대답은 하였지만, 분위기는 정말 무거웠다. 각자 힘없이 뿔뿔이 흩어졌고 나도 집으로 향했다. 가장 힘든 사람은 바로 나라고! 외치고 싶었지만, 누구 하나 들어줄 사람도 없었고, 그 누구도 귀담아듣지 않을 것 같았다. 가슴이 미치도록 답답했다. 그리고 몹시도 외로웠다. 집에 도착해 한참을 쇼파에 그냥 앉아 있었다. 나의 식구들은 의아해 했지만 나에게 말을 걸지 않았다. 그들도 내 표정에서 나쁜 예감을 느꼈을 것이다. 나는 병원 일을 거의 집으로 끌고 가지 않는 편이다. 그냥 혼자 끙끙 앓고 만다. 그게 가장 좋고 줄곧 그렇게 살아왔다. 그러나 그날은 굳은 표정을 감출 수가 없었다.

무기력하게 두세 시간을 멍하니 앉아있었는데 8시쯤 정적을 깨고 휴대전화로 문자가 왔다. 반려동물 전문 장례업체였다.

'아롱이의 장례가 잘 끝났습니다.'

울분을 참고 있던 나는 통한의 에필로그에 결국 휴대폰을 집어 던지며 울부짖었다. 나의 손에서 한 생명이 사그라들었기에 그 중압감과 모진 책임감은 아프게 터져 나왔다. 나는 참 비열하고 못난 인간이었다. 그리고 이어 생각했다. 화장 온도는 800도 정도인데, 철은 1,500도에서 녹으니까 철사는 그대로 남았겠지? 하얗게 타버린 유골과 함께 놓여있을 그 굵고 끝이 휜 기이한 철사를. 기묘한 금속을 건네받은 보호자는 얼마나 허망하고 지겨웠을지를. 하늘에 대고 오열했을 슬픈 속죄를……. 눈물이 멈추지 않고 주룩주룩 흘렀다.

무척 힘든 토요일 밤을 보내고 다음 날 나는 또 아무렇지 않은 듯 일어나 하루를 보냈다. 다음날도, 그 다음날도 아렸지만, 그냥 무던하게 버텨냈다. 천천히 잊으려 노력했지만 쓰라린 죄책감에 시달렸다. 결코 가슴에 남은 멍울은 쉽게 지워지지 않았다. 결국 마음의 상처는 켈로이드(피부 반흔)로 굳어져 티가 금방 났다. 나는 그런 체질이었다.

그 후 다른 보호자들이 천방지축 블랙 라브라도 새끼들을 데리고 오면 불현듯 그때 생각에 턱하고 숨이 막혔다. 나는 속죄했지만, 그 면죄부를 받지는 못했다. 벌은 면할 수 있어도 이미 지은 죄는 면할 수 없으니까.

생명에는 생명으로 화답해야 하는 걸까. 아픈 동물을 구원하면 벌은 차츰 지워지는 것일까. 나는 죄와 벌로 한동안 힘들어 했다. 수개월 후 그 보호자가 다른 강아지를 데리고 기초접종을 하러 왔는데 다행히도 그늘진 표정 없이 해맑았다. 여자 친구 강아지라고 말했다. 우린 서로 말없이 눈빛을 주고받았다. 그때 힘들었죠? 이젠 좀 괜찮아요? 그도 죄와 벌을 떠올렸을까. 궁금했다. 그러나 나는 묻지 않았다.

산다는 건 무엇일까. 인생이란 무얼까.
누군가에게 상처를 남기고, 또다시 속죄하고, 그럼에도 사랑하고. 살아간다는 것은 결국 사랑, 사랑이지 않을까?

먹고 기도하고 사랑하라!
사랑하고 싶다. 사랑받고 싶다. 사랑하자!
오늘도 되뇌어본다.

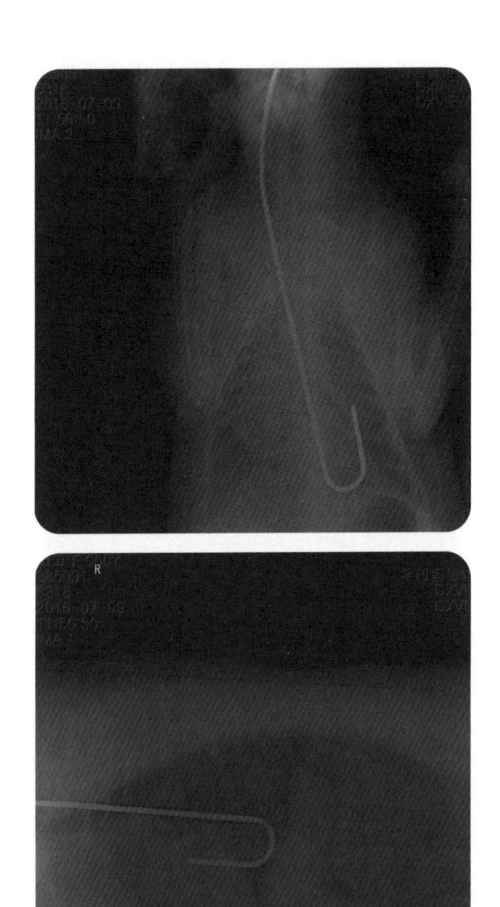

장필순이 부릅니다
나의 외로움이 널 부를 때

Daily Life 5

뜻밖의 마이크로칩

4개월 된 '비숑 프리제' 견주가 있었다. 보호자는 격주로 기초 접종을 하러 가끔 왔다. 나는 보호자가 4차 예방접종을 하러 내원했을 때 마이크로칩 시술을 언급했다. 곧 있으면 산책하러 나가야 하고 각종 반려동물 시설에도 출입해야 하므로 접종이 끝날 즈음 반드시 등록해야 했다. 반려동물은 실종, 유기 등을 막고자 개체별 식별 인식표가 의무화되었다. 사람으로 치면 주민등록증과 같은 신분증이다.

나: 동물등록이 이제 정부 차원에서 의무화돼서 반드시 하셔야 해요. 목걸이 타입이랑 주사 타입이 있답니다. 목걸이형은 외장형이고 분실 위험이 있습니다. 그리고 주사 타입이 내장형입니다. 내장형은 피부밑 삽입이라 반영구적인 장점이 있습니다. 한번 고민해보시고 5차 접종 때 말씀해주세요.

보호자: 네! 주사형 많이 아픈가요?

나: 접종 주사보다는 바늘이 조금 커서 따끔한데 순식간에 끝나서 그래도 할 만합니다.

내가 맞아 본 것도 아닌데 어찌 그리도 뻔뻔하게 안 아프다며 호언장담을 할까. 그건 시술 시에 개들이 나타내는 반응으로 통증 정도를 짐작했기 때문이었다.

보호자: 그래도 아프겠죠?

나: 허허! 그래서 일반형 칩과 미니칩이 있습니다. 미니칩이 일반형보다 절반 사이즈입니다. 아무래도 미니칩이 작으니까 훨씬 덜 아프죠. 하하!

보호자: 그래요? 많이 비싼가요?

나: 엄청 비싸진 않습니다. 목걸이가 **, 일반형이 **, 미니칩이 **입니다.

구구절절 선택의 폭이 다양함을 선전했다. 안물안궁, 대학 시절 선전부장은 역임해본 적이 없었지만 영업에는 나름 소질이 있었다.

보호자: 네! 고민해볼게요.

나: (이글거리는 눈으로 확신에 차서) 네! 다음에 말씀해주세요.

2주 후 보호자는 5차 접종을 하러 다시 내원했다.

나는 칩 시술에 대해 미리 언지한 것을 잊어버리고 처음처럼 말을 꺼냈다. 여러 동물과 많은 보호자가 다녀가니까 헷갈릴 때가 종종 있다.

나: 오늘 5차 접종이네요. 동물등록이란 게 있습니다. 이젠 의무적으로 하셔야 하는데요.

정해진 패턴처럼 약속된 멘트들이 기계적으로 술술 나왔다.

보호자: 네! 지난번에 들었어요.

아뿔싸! 이야기했구나. 머쓱(타드)했다.

나이를 먹었는지 기억력 감퇴가 심각하다.

나: (멋쩍어하며) 아하하! 그럼 정하셨나요?

보호자: 네, 주사형으로 하려구요.

나: 혹시 그럼 어떤 거로 하시게요?

내가 반색하며 물었지만 보호자의 대답에 나는 일격을 당해 비틀거려야만 했다.

보호자: 나노 칩으로 하려구요.

나노 칩으로 하려구요.
나노 칩으로 하려구요.
나노 칩으로 하려구요.

엄청난 초미세 공격에 손쓸 새도 없이 영혼 가출의 안드로메다로 KTX 직행했다. 난 표정 관리를 못 하고 얼굴이 후쿠시마 방사능에 노출된 듯 후까시를 먹었고 훅 가서 삭아버렸다. 그래도 잘 안 돌아가는 머리를 요리조리 빙글빙글 잘도 돌리고 있었다.

나눠 칩?
칩을 반으로 나눠서 2번에 놔줄까?
잭팟 칩을 같이 나눠 갖자는 것일까?
은나노 코팅이 된 항균 칩을 원하는 것일까?

김쌤도 뜻밖에 넥슬라이스(손날로 상대의 목을 치는 것)를 당해 켁켁거렸고, 같이 온 동료들도 그녀의 신박한 단어 선택에 놀라며 나의 반응을 기다리고 있었다. 난 무슨 말을 해야 하나? 주춤거렸고 머뭇거렸다. 그리고는 고심 끝에 이렇게 대답했다.

나: '나노'면 칩이 안 보이는데…….

좀 무례했나? 그녀의 눈치를 슬쩍 살폈다.

장난꾸러기 수의사의 발재간 아니 말재간은 삐딱선을 타고 있었다.

보호자: 호호호!!

동료들도 웃음을 지었다. 나의 장난끼는 내가 봐도 위험천만하다. 아슬아슬한 원장이었다. 보다 못한 김쌤이 내가 싸지른 넉살을 최종적으로 물티슈로 닦아서 문대줬다.

김쌤: 초미니칩 말씀이시구나!

보호자: 아아아! 그거요, 그거! 하하하!

분위기가 나쁘지 않았다. 다행이었다. 나의 몹쓸 장난은 이제 수명이 슬슬 다 되어가는 것일까? 그래도 므흣한 반응에 흡족해서 씩 미소 지었다. 세상은 모름지기 재밌게 살아야 하니까.

나: 작디작은 거로다가 넣어드릴게요. 걱정하지 마세요.

그리곤 초미니칩을 꺼내다가 비숑 강아지의 견갑부(어깨) 피부에 피하주사로 시술해줬는데 자신만만한 권유가 무색하게 그날따라 강아지는 엄청 깨갱거리고 무척 아파했다. 안 아프다고 대놓고 으스대던 나는 땀을 삐질 흘리며 뜨끔했고 순식간에 엉터리 수의사가 되어버렸다. 그야말로 나노칩의 국내 도입이 시급한 순간이었다.

정말 산전수전 다 겪은 나를 순간 당황하게 했던 보호자의 참신하고 재밌는 단어 선택이었다. 진료가 끝나고 큰 웃음을 주었던 나노칩을 곰곰이 생각해봤다. 그래서 난 그녀가 '나노'를 언급한 것을 세 가지로 유추하며 간추려봤다.

1. 주사칩이 아플까 봐 전전긍긍하던 보호자가 작은 것에 천착하여 무의식적 조급함이 표출되었다.

2. 삼성 반도체 등의 나노 산업에 현재 근무 중이라 무심결에 평소 쓰는 말을 습관처럼 뱉었다.

3. 은 나노 코팅, 나노 산업 등등 '나노'란 단어가 작다는 뜻으로 자주 쓰이니 무심결에 생활 속 단어로 미니칩을 착각했다.

어쨌든 나노 마이크로칩은 아직 없지만 출시된다면 반려동물들이 덜 아플 테니 참 좋을 것 같다.

추억의 듀엣, 대한민국의 천재 남매, 현이와 덕이(장덕)가 부릅니다
너 나 좋아해 나 너 좋아해 : 나노 조아해 노나 조아해~~♬

Daily Life 6

만성 췌장염 푸들

2020년 1월 15일 수요일 낮 11시 43분경, 신규 고객이 찾아왔다. 나는 수술 중이었고, 김쌤이 처음 내원한 보호자를 반갑게 맞이했다.

김쌤: 안녕하세요!

여자: (다 죽어가는 목소리로) 원래 가던 병원이 오늘 쉬어서 왔는데 여긴 처음이에요.

다 죽어가는 목소리와 '원래 가던'이란 표현에서 살짝 느낌적인 느낌이 왔다. 바야흐로 전쟁의 서막이 울린 것이다.

김쌤: 네! 알겠습니다. 이거 하나 작성해주세요.

김쌤은 고객 신상명세 메모지를 건넸다.

중년 여성은 다 적은 종이를 돌려주었고 김쌤은 불안한 마음으로 신규 차트를 만들었다.

김쌤: 오늘 어디 진료 보러 오셨어요?

신규 여성 보호자: 지병이 있어서……. 검사를 하든 주사를 맞든 하려구요.

훗날, '지병'(오랫동안 잘 낫지 않는 병)이란 단어에서 김쌤은 이미 뇌를 스매싱하는 강한 촉을 느꼈다고 술회했다.

김쌤: 잠시 기다리실게요.

김쌤이 수술방을 노크하고 들어왔다. 나는 수술을 끝내고 드레싱(거즈, 붕대와 반창고 혹은 밴드를 환부에 붙이는 것)을 하고 있었다. 김쌤은 내 귀에 캔디를 굳이 쑤시면서 아프게 속삭였다.

김쌤: (소곤소곤) 신규가 왔는데요. 지병이 있어서 왔다고, 원래 댕기는 곳이 있는데 거기가 쉬어서 왔다네요. 신경 좀 쓰셔야겠어요!

무슨 말인지 아시죠?

나: 지병? 무슨 지병?

김쌤: 그건 말 안 했어요.

지병이란 우울한 단어에서 이미 범상치 않음을 깨닫고 잔뜩 긴장한 채 진료를 시작했다.

나: 강아지가 어디가 아픈가요?

여자는 한숨을 푸욱 내쉬면서 하소연했다.

여자: 얘는 원래 어떤 사람이 키우던 푸들인데 너무 못 키워서 뺏어오다시피 해서 데려왔어요. 막상 데려왔더니 심장사상충(모기 매개로 걸리는 기생충으로 심장에 기생)이 있어서 치료해주고, 또 얼마 있다가 폐렴에 걸려 그것도 치료 다 해주고 또 자궁축농증(자궁에 고름이 생기는 중증질환)이 와서 수술해주고 그랬는데……. 이번엔 췌장염이 심해서 최근에 한 세 번인가 입원했었어요. 분당에.

그녀는 맥없이 푸념했고 나는 분명 상대하기 어려운 사람임을 직감했다.

나: 그런데 오늘은 어떻게 오셨어요?

여자: 분당에서 살다가 지금 여기로 이사 왔는데, 원래는 다른 병원에 다녔었거든요. 근데 애가 아파서 급히 다니던 병원엘 갔는데 오늘은 문을 닫았더라고요. 그래서 그냥 여기로 왔어요.

'원래 다니던 병원이 있다'고 강조하는 뜨내기들에게서 나는 가끔 상당한 무례함을 느낀다.

나: 지금 어디가 안 좋죠?

여자: 지병이 있어요. 췌장염이 온 지 오래됐어요. 밥을 안 먹고 힘이 없어요.

힘 빠지는 목소리로 그녀는 말했다. 앞서 김쌤이 말한 지병이 바로 '췌장염'이었다.

나: 췌장염을 봐 드리면 되는 건가요?

여자: 제가 최근에 형편이 안 좋아져서 그냥 주사라도 맞힐까 하고 왔는데.

나: 그럼 신체검사 하고 주사라도 놔드릴까요?

여자: 혹시 췌장염 검사 얼마예요?

나: * 원입니다.**

여자: 음! 네! 그럼 그거라도 해주세요.

나는 기본적인 신체검사를 했다. 복통이 현저했으며 체온은 40.5도(개 정상체온 38.5~39.0도)에 육박했다. 곧이어 검사를 위해 채혈 준비를 했다. 그런데 이 푸들은 식욕부진에 고열이라서 수액을 맞는 게 낫다는 생각이 불쑥 들었다. 돈을 떠나서 최소한의 치료는 해줘야 옳다는 지론 때문이었다.

나: 아이가 힘도 없으니 피 뽑으면서 수액을 같이 맞출까요? 채혈하려면 정맥 혈관을 어차피 잡아야 하니까요.

여자: 그건 또 얼마인가요?

나: *만원 정도 합니다.

여자:(골똘히 고민하더니) 네! 그것까지는 해줄 수 있을 것 같아요. 해주세요.

푸들은 털 관리가 엉망이었고 특히, 우측 앞발에는 엉킨 털이 무성했다. 그래서 시야 확보가 안 되었고 혈관을 찾기 위해 면도기로 앞발 피부 털을 조금 밀었다. 그러나 이것이 뭐라고 양해를 안 구했던 것이 크나큰 패착이었다. 여자는 순식간에 노발

대발하며 도발했다.

여자: 거기를 왜 밀어요! 안 밀고도 거기는 잘하던데!!

이미 선을 넘어버린 나였다. 한심한 자승자박 후회가 가득했다.

나: 피부가 잘 보여야 혈관을 잡을 거 아닙니까? 털을 안 밀고 하는 게 절대 위생적으로 좋은 게 아닙니다!

털을 가르마 타서 모세의 기적 모드로 혈관을 잡아도 가능하지만, 원칙적으로 털이 너무 많은 경우 멸균을 위해 제모(털 제거)를 하는 것이 좋다. 뇌수술도 털을 안 밀고 장발로 하지 그러냐고 고객에게 되묻고 싶었지만, 꾹 참았다.

나: 그동안 혈관을 많이 잡아서 혈관이 다 숨어버렸네요!

아이고, 수액을 왜 잡자고 해서 이런! 산 넘어 산이었다. 그녀의 역정에 땀이 송골송골 맺히며 긴장이 되었다. 앞다리 큰 혈관은 아무리 찾아도 없었고 안쪽에 작은 가지 혈관이 있었다. 나는 그쪽으로 시도해보기로 했다. 실 같은 혈관을 카테터(catheter)로 관통했다. 모두의 예상처럼 역시나 쓰윽 예쁘게 들어가지 않았다. 윽, 결국 삑사리가 났다. 그나마 전진, 후진하니 채혈은 가능해서 0.5 ml 정도 겨우 피는 뽑았다. 그리곤 나는 카테터를 미련없이 제거했다.

여자: 혈관 못 잡았어요? 원장님이 왜 그거 하나 못 잡을까? 거기는 한 번에 잡던데!!

순식간에 또 비교 저격을 당했다. 나 자신을 누가 봐도 매우 얌전한 사람이라고 평소 생각했지만 무례한 성화에 나도 모르게 격양되어 버렸다.

나: 제 잘못이 아닌 거 같은데요. 혈관이 안 보이는데 어떡합니까?

어지간하면 울컥하지 않는 나를 본 김쌤도 얼어붙었다. 그만큼 굴욕적인 언사였다. 겸연쩍은지 고객은 두 번 헛기침을 했다. 이미 수액을 연결해뒀는데 그냥 철수할까? 다시 반대쪽으로 시도해? 망설이다가 자존심에 좌측 앞다리에 다시 시도해보기로 작정했다. 좌측 다리에 고무줄을 묶자 기다렸다는 듯이 보호자는 또 끼어들었다.

여자: 이쪽도 밀건 가요?

개가 아픈 상황에서 엉킨 털이 무슨 의미가 있다고 그렇게나 집착하는 것일까? 털이야 금방 자랄 텐데 말이다. 대체 뭐가 중헌디!

나: 아뇨! 여긴 그냥 안 밀고 해볼게요.

보호자의 '털털한' 취향을 존중했다. 털을 세심하게 가르고 알콜을 벅벅 문질러 신중하게 혈관을 찾았다. 멋지게 성공해서 보란 듯이 배짱을 부리고 싶었지만, 여기도 신통치 않았다. 역시나 그쪽 다리에도 오랜 치료 때문인지 주요 혈관이 드러나지 않았고 혹시나 하고 신중하게 자입(찔러 넣음)했으나 역시나 실패했다. 머피의 법칙은 틀린 적이 없다. 그녀 앞에서 면목이 없어졌고 되려 무능해진 나는 키가 한 줌은 작아져 버렸다. 내친김에 땅으로 꺼져버리고 싶었다. 두 번의 실패를 자인한 나는 고개를 들지 못하고 말없이 어질러진 물건들을 정리했다.

나: 여기도 안 되네요. 입원을 오래 해서 혈관이 없나 봐요. 췌장염

검사해보고 그냥 주사 놓아 드릴게요.

그러자 보호자는 털이 밀린 우측 앞다리를 자꾸 응시하며 팔짱을 끼고 씩씩거렸다. 그 정도로 주눅들 사안은 아니었지만 나는 까칠한 보호자 때문에 눈치를 보며 췌장염 검사를 돌리고 약제실로 급히 도망갔다.

15분 후 검사 결과 도출, cPL(췌장염 검사법) 수치는 1193 ng/ml(정상 50 이하)이었다.

나: 수치가 엄청나게 높네요. 입원이 필요하겠는걸요!

지병 보호자: 여기도 24시간 하나요?

나: (손사래를 치며) 아뇨! 저희는 입원이 안 됩니다. 저는 혼자 진료하고 밤에는 저도 자야죠. 얼른 24시간 하는 큰 병원으로 가보셔야겠네요.

지병 보호자: 형편이 안돼서…….

나: 이 수치면 급성 신부전까지 진행돼서 순식간에 소생이 불가합니다. 어서 입원시키세요!

나는 그녀와 지병이 심한 푸들을 더욱 좋은 시설이 있는 병원으로 기꺼이 안내했다. 조속히.

지병 보호자: 소견서 써주세요. 무슨 주사 맞았는지랑.

나: 췌장염 수치 나온 이 종이 뽑아드릴 테니 어서 큰 병원에 입원시키세요. 거긴 다 알잖아요. 당장 입원 안 시키면 죽을 수도 있습니다.

지병 보호자: 네! 형편이 어려워도 분당으로 가야겠네요.

한숨 놨다. 그렇게 그 보호자는 사라졌다.

손님이 가고 난 후 김쌤은 나의 우람한 팔뚝을 연신 툭툭 쳤다.

김쌤: (샌드백 마냥 퍽퍽 치며) 지병이란 말이 이상해서 신경 쓰시라고 했죠! 왜 제 말을 안 들으세요! 내 말만 들으면 자다가도 떡이 생기고 심지어 빵도 생긴다고 했죠!

익살과 풍자를 버무린 농담이지만, 김쌤의 폭력에는 분명 이유와 명분이 충분해서 나는 감히 반항하지 못해 말없이 몸땡이를 대주었고 피멍은 이곳저곳 물들어갔다. 잘 기억이 안 나지만 내리 18분은 무차별적으로 처맞았던 것 같다. 이렇게 일방적으로 얻어 맞아본 적이 몇 년 만인지 감회가 새로웠다. 즉 학

창시절 빵셔틀의 추억이 아련했다. 그러나 신기하게도 흠씬 두들겨 맞고 나니 몸이 가뿐하고 개운했다. 맞는 게 체질인지 정신이 번쩍 들고 후련했다.

이건 그야말로 말로만 듣던 사랑의 매였다.

Daily Life 7

사과씨를 먹은 강아지

2020년 1월 18일 토요일 오후 2시경.

따르릉 따르릉!! 개그맨 김영철이 빙의된 건지, 신나게 울리는 전화! (김영철의 '따르릉' 들어보시라, 신명 나고 흥이 난다) 국민 수의 테크니션으로 급부상한 김쌤이 수화기를 마이크처럼 멋지게 낚아챘다. 나는 항체검사(전염병 예방접종 이후 또는 보유 중인 항체가 형성 수준을 평가하는 검사법)를 하는 중이었다.

김쌤: 네네 그랬나요? 저런 저런!

수화기를 손바닥으로 막고 그녀는 다급히 나에게 외쳤다.

김쌤: 원장님! 강아지가 방금 사과씨를 먹었는데 어떻게 해야 되

냐고 하네요!

나: 어쩌긴 뭘 어째! 당장 튀어와야지.

김쌤: 그러라 할까요?

나: 시안화수소 유도체(많은 과일 씨앗에는 아미그달린이 함유되어있어 섭취 시 발효되어 시안화수소물이 생성되는데, 이는 급성 중독을 일으킬 수 있다)라 씹어 먹으면 골로 가! 먹은 지 얼마 안 됐으면 당장 와야 해!

김쌤: 네네.

그녀는 수화기에 대고 다급히 사안의 중대성을 알렸다. 전화를 끊고 김쌤은 내게 "바로 갈게요."라는 확답을 들었다고 이글아이 야심차게 전달했다.

나: 와야지 온갑다 하지. 이 바닥 알잖아. 산 넘고 물 건너 바다 건너서 골짜기 건너서 정글을 헤치고서야 간신히 오는 거. 한 번 오는데 우여곡절이 참 많아. 송대관의 '네 박자' 노래와 같다고나 할까? 허허! (결혼식장에 들어가야 진짜 결혼한갑다 하지. 지난날 나의 매우 매우 매우 잘한 선택을 급추억했다. 여보 사랑하는 거 알지?)

김쌤: 반드시 올 거예요. 희망을 잃지 마세요.

나: 여러모로 고맙다. 김프로.

그리곤 나는 치료를 위해 예의상 양치질을 야무지게 하고 하염없이 기다렸다. 뭐 특별한 준비랄 것도 없이 비장의 무기는 이미 갖춰져 있었다. 딱히 치료라고 하기에도 뭐한 동화적인 주둥이 처치법은 매우 간단했기 때문이었다. 백설공주 동화책을 벤치마킹해서 과감하게 치료해보려 했었다.

우스갯소리지만, 왕자병인 나는 딥키스로 독사과 강아지를 해독시키고 '정신 차려 이 친구야'라고 부르며 흔들어 깨워서 꿀잠에서 회복시키려고 단단히 벼르고 있었다. 동물과 찐한 사랑에 빠져도 어쩔 수 없지만 살려야 할 숭고한 의무가 나에겐 있었다. (실제 치료는 급만성 중독에 준하는 대증요법으로 행해진다. 이물질을 삼킨 지 오래되지 않았다면, 구토를 유발해서 독성물질을 제거하고 흡착제나 위산 보호제를 경구 투여하여 흡수를 더디게 만들거나 중화제, 수액 등으로 치료한다.)

사실 나보다 더 그 개의 입 냄새가 심할까 봐 내심 두려웠다. 가히 압도적인 치석들이 한 집 건너 한 집이었으니 걱정이 안 됐다면 그건 거짓말이었다. 그러나 나의 가글링이 무색하게도 동물과의 프렌치 키스는 다음 기회로 미루어야만 했다. 백설공주 강아지는 그렇게 모습을 보이지 않았으니.

왜 안 왔지? 내가 어디가 어때서? 내 구취가 끔찍해서? 더 잘

생긴 왕자님 원장을 찾아간 걸까? 이쪽 근방에 나만큼 생긴 원장은 없을 텐데. 난 거울을 들여다보고 한참 동안 턱을 매만지며 혼잣말로 중얼댔다.

사과 씨앗에는 '시안화물(cyanide)' 계통인 아미그달린이 함유되어 있다. 덜 익은 매실, 복숭아, 살구의 과육에도 있고 아몬드, 체리, 배, 복숭아 씨앗 등에도 들어있다. 사실 아미그달린 자체가 독성이 있는 것은 아니다. 체내로 들어온 그 물질이 여러 효소에 의해 분해되면서 시안화이온이 만들어진다. 그것이 수소와 결합하여 '시안화수소(사이안화수소)'를 형성하는데 그게 독성물질이다. 작용기전(메카니즘)은 에너지를 생산하는 데 필요한 세포 내 호흡을 좌우하는 효소인 스토크롬옥시다이제(산화효소)를 차단시킴으로서 독성을 야기한다.

주요증상은 노출량에 따라 두통, 현기증, 불안, 구토가 생기고 많은 양을 섭취하면 호흡곤란, 혈압상승, 심장박동 증가, 신장 장애 등의 이상으로 사망할 수도 있다. 우리가 흔히 '청산가리'라고 부르는 것은 시안화칼륨이며, 시안화수소는 '청산배당

체'가 수소와 결합하여 생기는 물질로 청산가리와는 다르며 독성이 더 약하다.

결론적으로 사과씨를 그냥 삼켰을 때는 씨앗 외피 때문에 별 문제 없지만, 씹어 먹으면 시안화수소 중독이 일어날 수 있다. 따라서 되도록 문제 되는 씨앗은 섭취하지 않아야 한다. 사람뿐만 아니라 동물들도 마찬가지이므로 먹지 못하도록 주의를 기울일 필요가 있다.

굳이 씹으려면 호박씨 정도는 괜찮다.
'호박씨 까고 있네' 란 말이 있듯이.

Daily Life 8

해피의 골절

2019년 6월 14일 반가운 보호자가 찾아왔다.

보호자의 남편은 미군 군무원이었고 어린 딸이 하나 있었다. 아무래도 동물병원이 평택 미군기지와 근접해 있어 다문화가족이 종종 있다. 보호자는 지금으로부터 8년 전인 2011년에 처음 내원하였고 그때 '해피'라는 이름의 요크셔테리어를 키웠다. 인생에서 무척이나 '행복'을 추구하는 사람 같았다. 해피는 요크셔테리어 견종에서 흔한 슬개골 탈구, 피부염 등으로 많이 고생했다. 여성 보호자가 처녀 때부터 키우던 아이였고, 그래서인지 결혼 후에도 해피를 끔찍이도 아꼈다.

그러던 14년 12월 어느 날,

해피 엄마가 내원하여 나를 조르기 시작했다. 남편이 갑자기 독일 미군기지로 발령이 나서 유럽으로 이사해야 하는데 해피를 데리고 가겠다고 했다. 반려견 동반 해외 출국 시엔 필요한 서류가 있었고, 나에게 그 각종 증명서를 부탁하였다. 내가 자기 신랑도 아닌데, 그것 때문에 나를 신혼처럼 아주 달달 볶았다. 그래서 나는 광견병 예방접종을 해주었고 건강증명서, 접종증명서를 발급해주며 내 역할을 톡톡히 해주었다.

그런데 며칠 후 보호자가 긴히 할 말이 있다고 진료실로 불쑥 들어왔다. 유럽연합(EU)은 동물검역이 복잡해 독일로 강아지를 데리고 가려면 절차가 매우 까다롭다는 것이었다. 알고 보니 광견병 항체검사를 해야 했고, 항체 수준이 낮으면 입국 자체가 안 된다고 했다. 그녀는 완전 울상이 되어있었고, 나 또한 광견병 항체검사를 해본 적이 없어 선뜻 돕지 못한 채 곤란한 상황을 딱하게 생각했다. 더구나 보호자 가족은 급히 떠나야 했기에, 항체검사를 해주는 업체에 의뢰하며 결과를 기다릴 여유가 없었다. 여성 보호자는 울먹였고 나에게 진정 방법이 없냐며 사정했다. 나는 아무 힘이 없었다.

해피를 데려갈 묘수가 없어지자, 급기야 미국인 해피 아빠는 초강수로 디폴트(지불 채무를 이행할 수 없는 상태)를 선언하였고, 해피를 일단 처가에 놔두고 떠난 뒤 나중에 다시 찾자는 일종의 모라토리움(국가가 외부에서 빌린 돈에 대해 일방적으로 만기에 상환을 미루는 행위)을 종용했다. 여자 보호자는 극구 반대했고 급기야 개 때문에 부부싸움이 격렬해졌다. 해피 엄마는 매일 나를 찾아왔고, 나는 마땅한 해결책이 없어 나도 모르겠단 항변만 반복했다. 매번 뾰족한 수가 없어서 그저 꿀 먹은 벙어리처럼 듣고만 있었고, 넋두리에 끄덕이며 딱한 처지를 공감했다. 그렇게 아까운 시간이 흘러갔고 모든 출국 준비는 완료되었는데 해피만 못 가는 안타까운 상황이 벌어졌다.

그러던 어느 날, 여성 보호자가 입이 광대뼈에 걸려, 그야말로 광대승천 기이한 모습으로 우리 병원에 나타났다. 아주 싱글벙글 신이 나 있었다. 해피 때문에 언해피했던 그녀였기에 해피한 이유가 상당히 궁금했다.

나: 왜 그렇게 웃으세요? 뭐 좋은 일이라도 생기셨나요? 출국 안 해도 되나요?

보호자: 원장님, 잘 해결될 것 같아요!

나: 뭐가요?

보호자: 해피요. 독일로 데려갈 방법이 생겼어요!

나: 그래요? 어떻게요? 신기하네요. 얼마 안 남았는데….

보호자: 한국에서 독일로 가면 유럽연합이라서 아주 엄격한데요. 알아봤더니 미국에서 독일로 들어가는 것은 엉성하다네요. 호호호! 하하하!

내 여자는 아니었지만 아주 호쾌한 그녀가 순간 맘에 들었다.

그러나 대시는 불가했다.

나: 아, 그래요??

보호자: 어쩔 수 없지만 해피 때문에 온 가족이 미국 디트로이트로 들어가서 독일로 넘어가면 될 거 같아요. 이미 가지고 있는 서류로도 충분한가 봐요. 칩이랑 광견병 기록만 있으면 그냥 통과되나 봐요. 우하하하!

나: 잘됐네요! 허허!

천조국 미국의 힘인지 나토연합국의 의리인지 나는 그 순간 쓴 물이 넘어와 울컥했고 씁쓸했다. 작은 나라, 한국에 산다는 건 무얼까도 같이 생각했다. 그렇게 보호자의 노력과 기지 덕분에 해피는 무사히 가족과 함께 독일로 출국했다.

*

우여곡절 끝에 떠났던 그 보호자가 5년 만인 19년 6월에 또다시 글로벌하게 돌아온 것이었다. 반가운 재회에 나는 흥분했다. 레트로 열풍은 두 손 두 발 들고 환영이니까. 그런데 그녀의 품에는 다른 강아지가 있었고 너무도 앳돼 보였다.

나: 해피는요?

보호자: 아이고! 독일에서 하늘나라 갔습니다. 작년인가? 15년 거의 채우고 편히 갔어요.

나: 저런! 세월이 많이 흘렀군요. 상심이 크셨겠어요?

보호자: 착한 아이였죠. 허전하긴 해요.

세월엔 장사가 없고 개의 수명은 안타깝게도 15년 정도뿐이었다. 만나면 헤어지고 헤어지면 다시 만나리라! 인연을 너무 아쉬워 말자! 회자정리 거자필반! '우리 마지막이라 하지 말아요. 언젠가 다시 우리 또 만날 테니' 페이지의 노래 〈You & Me〉의 한 소절을 담담하게 떠올렸다. 외국물 먹은 해피는 미우나 고우나 굿 보이였다. 잘 가거라, 아가! 속으로 영면을 빌었다. 어쨌든 화제 전환.

나: (손으로 가리키며) 요 아이는 뭐죠? 어떻게 오셨어요?

보호자: 한국 들어올 일이 있어서 들어왔다가 새로 분양받았죠!! 짜잔!

똑같은 요크셔테리어 새끼였다.

나: 이름은요?

보호자: 또 해피요! 하하하!

해피와 요크셔를 지독하게 사랑하는 행복 요크셔 전도사였다.

나: 해피 참 좋아하셔요! 하하! 애기가 어디 아픈가요?

보호자: 요거 왼쪽 앞다리 발가락 좀 봐주세요. 이상해요.

나: 다쳤나요?

아이의 좌측 전지(앞다리) 발가락을 손가락으로 꾹 주물렀다. 아이는 자지러지며 괴성을 질렀다. 해피의 몸무게는 1.4kg 만 6개월령 수컷이었다.

나: 뭔 일 있었어요?

보호자: 문에 다리가 꼈는데 골절돼서 수술했어요.

나: 아이고 그래요? 고생했네. 언제 했어요?

보호자: 딱 6주 됐어요. 근데 갈수록 다리를 못 써요. 그래서 다녔던 병원 생각이 나서 원장님 찾아왔죠.

이 비루하고 누추한 곳, 경기도의 작은 병원까지 날 찾아오다니. 감격스러웠고 실로 고마웠다. 의술이 빈약하지만 나름대로 신뢰를 주었구나! 나름 뿌듯하여 모처럼 한껏 들떠 감동했다.

보호자: 해피 잘 봐주셨잖아요.

나: 왜 그러셔요. 새삼스럽게 하하!

앞뒤 못 가리고 또 실실 웃기 시작했다. 그 해피와 이 해피는 달랐지만 나는 해피했다. 이 해피는 지골(발가락) 부위에 압진통(누르면 호소하는 통증)이 현저했다.

나: 수술 잘 됐으면 이미 다 붙었어야 하는데, 6주라면?

보호자: 계속 다리를 못 썼어요. 갈수록 더 아파하구요.

나는 다리에 이어 전신을 살펴봤다. 손으로 입술을 열어 구강을 관찰했다. 6개월인데 영구치가 나올 생각이 전혀 없었다. 뭘 잘못했는지 영구치가 단단히 삐졌나 보다 생각했다. 수컷인데 양측성 잠복고환이었다. 뒷다리를 만졌다. 벌써 양측성 슬개골 내측 탈구 2등급 정도였다. 뭐야 이거? 총체적 난국이었다.

나: 아이가 엄청나게 약하네요. 우선 몸이랑 다리를 엑스레이 찍어볼게요.

나는 보폭을 크게 하여 단 한걸음에 방사선실에 당도했다. 무리했는지 가랑이가 찢어질 듯 아팠다. 다음부턴 잰걸음으로 가야겠다고 다짐했다. 나는 사타구니를 쓰다듬으며 해피의 촬영을 준비했다. 허벅지 안쪽을 더듬은 손으로 강아지를 만져서 내심 미안했다. 나름 청결한 사람이지만 그땐 그냥 미안했다. 그러나 연약한 아이의 방사선 사진 촬영은 별다른 수고가 필요치 않았다. 잠시 후 엑스레이 사진이 모니터에 나왔다. 앞다리 발가락에 철심이 여러 개 보였고 유합 부전(뼈가 붙지 않은 상태)에 골절 라인도 틀어져 있어 엉망이었다.

나: 언제 어디서 수술한 거예요?

보호자: 거의 6주 전에 새벽에 다쳐서 급하게 동네 큰 병원 데려갔

는데, 수술해야 한다고 해서 그냥 바로 했어요.

나: 그땐 더 작지 않았을까요?

보호자: 600g이었죠.

600g

600g

600g ………

보호자의 말을 곧이곧대로 들을 수 없어 머릿속에서 계산을 해봤다. 2주 만에 통상 300g씩 증가하니까 1.4, 1.1, 900, 600…. 6주 전이면 대략 600g 정도 나갈 것 같았다. 그녀의 말은 거짓은 아닐 듯싶었다. 나는 어떤 동물병원의 탁월한 미세 마취 기술과 섬세한 정형외과 수술기법에 순간 부러움과 존경을 넘어 경외심을 느꼈다. 하지만 동시에 수술의 필요성에 대한 약간의 의구심이 들었다. 아연실색해져서 엑스레이 사진을 뚫어지게 바라보며 그 어리고 작은 아이에게 굳이 이 수술이 적절했을까? 하는 의문을 품었다. 그러나 사고 당시 상황을 정확히 모르며 수술자의 판단과 선택이니 어쨌든 동료 수의사의 외과적 수술은 존중했다.

나: 그땐 너무 작았잖아요, 아이가?

보호자: 그래도 해야 한다고 해서 그냥 했죠.

나: 비용이 좀 들었겠네요.

보호자: 그랬죠. * 정도.**

나: (쩝쩝) 꽤 나왔군요.

보호자: 돈이 이왕 들었으니까 그건 그런가 보다 하는데, 아이가 낫지를 않으니 힘드네요.

만약 실패한 수술이었다면 빠른 사후 조치는 힘들었을까? 왜 수습을 못 하고 여기까지 오게 되었을까? 그렇다고 보호자 앞에서 동료 수의사를 무턱대고 비난할 수는 없었다. 때론 섣부른 단정과 우둔한 솔직함이 경솔한 진실로 드러날지도 모르기에 신중해야 했다. 또한, 동물 특성상 골절 수술의 유지관리가 관건이라서 수술 후 유합 부전이 그 술자(수술한 사람)의 탓만은 아닌 것이 분명했다. (조심성이 부족한 동물 개체의 골절 수술 성공은 수술이 반, 고정과 유지가 반이라고 봐도 과언이 아니다)

나: 당시 상황을 잘은 모르지만, 저 같으면 수술보다는 깁스를 했을 것 같아요. 어린 동물들은 고정만 잘 해주면 4주 정도면 잘 붙기도 하니까요. 발가락은 골편(뼈조각)이 없을 경우 골절 라인만 잘 맞

줘도 결과가 좋기도 해요. 특히 이렇게 작은 새끼들은요. 근데 또 부러졌을 때 상태를 제가 잘 모르니까 확답은 어렵네요. 그때는 당장 수술을 해야 할 수도 있겠다는 생각도 들고요…….

캐스팅(깁스, 석고붕대 등으로 신체 부위를 고정하는 것)이란 단어보단 보호자 눈높이에 맞춰 알기 쉽게 '깁스' 등의 쉬운 단어로 대화하는 걸 좋아한다. 그동안 많은 골절 케이스에서 캐스팅이나 스프린트(사지의 안정 및 고정을 위해서 이용하는 것으로 두꺼운 종이, 나무, 금속, 플라스틱, 석고붕대 등이 그 재료가 된다)로 잘 해결해 왔던 정직한 경험담이었다.

보호자: 그러게요. 새벽에 아파서 친가에 놀러 갔다가 급하게 하느라.

나: 응급이니까 잘하긴 하신 거예요. 댁은 어디시죠?

보호자: 인천이에요.

나: (레이져포인트로 모니터를 가리키며) 아무튼 일은 벌어졌고 마무리를 잘 해줘야 잘 걸을 거 같아요. 그리고 재밌는 건 2번째 발가락 보이시죠. 핀 안 박은 골절은 잘 붙었잖아요. 핀 넣은 게 안 붙었어요. 혹시 이건 뭐라고 얘기하던가요?

보호자: 거기도 조금 난처해 하는 거 같았어요. 안 한 건 붙어가고 핀 박은 건 안 붙으니 그쪽에서도 조금 더 지켜보자고만 하던데요.

나: 우선 시급한 것은 핀 제거입니다. 이게 무리하게 자극하고 있고 버티는 힘도 없어서 핀이 있어 봤자 지금은 의미가 없어요. 자극해서 강아지가 아프기만 해요. 핀 제거하고 골절면을 조금 다듬으면 잘 붙을 거예요. 지금이라도 빨리 다시 수술해야 할 것 같아요. 시일이 지나서 골절면이 닫혀버리면 새로 다듬게 되어 중간에 뼈가 비게 되거든요. 상황 봐서 골이식도 해야 할 수도 있어요.
보호자: 진짜 좋아질까요? 비용이 많이 들었는데 또 얼마나 들까요?

여기까지 와서 나를 믿지 못하는 것 같았다. 수술경과가 좋지 못하니 조심성이 생긴 눈치였다. 생각지도 못한 거액이 들어갔으니 가용액을 예견하는 것은 현실적으로 가장 중요한 체크포인트였다. 그래서 주저하는 그녀가 이해되었고 비용에 대한 조율도 염두에 두었다.

수의학을 하면서 늘 의문이 들었던 것은, 왜 눈부신 의학을 하면서 늘 치료에 앞서 상대의 씀씀이를 일일이 신경 쓰며 charge(비용)에 노심초사하여 discharge(할인)를 해주며 bloody discharge(혈액성 분비물)를 흘려야 하는가, 너무도 암담했고 부끄러웠다. 눈가에 잔뜩 '차지'하고 있던 eye discharge(눈꼽)는 왜 이다지도 차지? 나의 차진 엉덩이를 누가 괜스레 차지? 결국,

내 차(car)지! 이게 수의학의 한계와 현실이란 말인가! 잠깐, 왜 이리 반응이 차지?

나: 난이도 있는 수술이라서 수술비 *에 검사하고 입원하고 이것 저것 하면 *은 들겠네요!

보호자의 낯빛이 현저하게 어두워졌다.

보호자: 아이고야! 그래도 수술해서 잘 걷는다면야 그것 못 쓰겠어요?

그랬다. 그녀에겐 해피의 치료에 강한 의지가 있었다. 보호자는 재수술하면 정상적인 보행이 가능한지를 한 번 더 확인했고 비용 전반을 가늠했다. 난 재수술의 당위성과 성공률을 타진하며, 뜬금포로 다른 이야기를 꺼냈다.

나: 잠복고환에 영구치도 하나도 안 나왔고, 뒷다리 양쪽 슬개골에 아이가 문제가 많아요.

보호자: 다리가 안 좋은가요?

나: 벌써 슬개골 2등급이에요!

슬개골 탈구는 소형견에 흔한 뒷다리 관절 질환으로 탈구 정도에 따라 1~4등급으로 나뉜다.

보호자: 그럼 뒷다리도 고쳐야 하나요?
나: 이것도 하긴 해야 합니다.

해피의 현 상태를 사실대로 말해주었지만, 어찌 보면 쓸데없는 오지랖일 수도 있었다. 이것저것 들쑤셔놓으면 가끔 토라진 보호자는 원래 하려던 치료조차 포기해버리고 그냥 가버리거나 금방 안락사 운운하며 수의사를 비참하게 만들어 버리기 때문이다. 생명에 어찌 이토록 안락사를 쉽게 선택하는 것일까? 그럴 땐 비통하고 처참해서 자괴감이 몰려든다.

보호자: 완전 잘못 분양받은 걸까요?
나: (급히 사태 수습) 아니요. 애기 엄청 예뻐요. 나쁘지 않아요!

우쭈쭈 달래고 어울리지 않은 애교를 부렸다.
내가 애교가 꽤 있긴 하다.

보호자: 슬개골 수술 비용도 좀 들겠죠?

나: 아무래도 고난이도 정형외과 수술이라 어느 정도 생각하셔야 합니다.

보호자: (한숨 푹 쉬며) 데려오자마자 이게 뭘까요?

강아지 공장의 피해자가 내 눈앞에 있는 것은 아닐까 생각했다. 대중들은 티컵 사이즈 강아지에 특히 열광했고 작으면 작을수록 환영한다. 하여 무분별한 교배와 부적절한 품종 개량으로 신기하고 아름다운 외모의 견종, 묘종을 창조했지만 외려 열성 유전자로 인한 선천성 기형과 각종 질환을 갖고 태어나는 개체가 그만큼 늘어났다. 세상은 얻는 게 있으면 잃는 게 있는 법이다.

나: 초소형 개들은 많이들 그래요. 너무 상심하지 마세요.

특수성을 보편성으로 추론하며 귀납적인 결과를 도출하였다. 확률적으로 맞는 말이기도 했다.

보호자: (급우울) 아아! 그냥 다 안 할까 봐요.

모두 내려놓고 급포기 시도!

오지라퍼의 최후는 결국 안타까운 결말로 치닫고 있었다.

나: 그럼 앞다리 먼저 고치고 다른 건 천천히 해결하시죠.

그녀의 치맛자락을 붙잡고 하나씩 치료해가며 인연과 애정을 길러보자고 얼렀다. 하지만 순간 해피에게 오만 정이 떨어진 듯 보호자는 체념하며 조용히 말했다.

보호자: 아뇨! 일단 수술은 보류하고 약 먹여볼게요. 약 줘보세요.

나의 솔직함 때문에 보호자는 정나미가 떨어졌는지 '소극적인 케어' 상태로 돌입하여 후진하지 않았다. 혹시 보호자는 사실 수술보다는 나와 고충을 이야기하고 싶었던 것은 아닐까 애써 자위했다.

나: (급히 체념하며) 그럼 일단은 주사 맞히고 먹는 약 드려볼게요.

재수술을 포기하는 보호자의 의향을 존중했다. 해피는 꼭 외과적인 수술이 필요한 케이스였지만 심란한 해피 엄마의 심정이 조금은 이해되어 여지를 남겼다.

보호자: 약 한번 먹여보고 바로 다시 올게요.

그러나 오지 않을 그녀였다.

약제실에서 김현정의 '그녀와의 이별' 노래를 웃프게 흥얼거렸다.

보호자: 미국 들어가려면 2주 남았는데 재수술로 완치할 수 있을까요?

나: 바로 하면 되는데 어중간한 시간이네요.

보호자: 생각해보고 전화드리고 올게요.

그렇게 그녀는 골절 재수술을 단념했다.

처음부터 나에게 수술보다는 현재 강아지의 상태를 정확히 알아보고 치료계획을 상의하러 왔던 것일까? 진짜 믿을 만한 사람을 찾아와서 예후를 진단한 것은 아닐까? 그냥 그런 생각이 불쑥 들었다. 아쉽게도 그녀는 주사를 맞히고 경구약 7일분과 각종 영양제를 챙겨서 떠났다. 그 후 1년 9개월이 지났지만, 그녀는 영영 소식도 없고 나타나지 않았다.

내가 오지 않을 거라 했지 않았는가! 과연 그녀는 아이를 데리고 미국에서 수술했을까? 미국은 수술비가 훨씬 더 비싸지 않을까? 가까운 동네에서 했을까? 최초 수술했던 병원에서 리터치

수술을 받았을까? 아니면 그냥 내 약을 먹고 씻은 듯이 나았을까? 궁금했지만 알 수 없었다.

자신 없는 무리한 외과 수술은 돌이킬 수 없는 장애를 일으킬 수 있으므로 외과 전문 수의사에게 보내든지 그게 아니라면 보호자와 예후 불량, 비용 등을 충분히 상의한 뒤 비침습적인 방법(피부를 관통하지 않거나 신체의 어떤 구멍도 통과하지 않고 질병 따위를 진단하거나 치료하는 방법)으로 호전시키는 것을 선택해보는 것도 좋은 방법이다.

이치현과 벗님들이 부릅니다
집시여인

Daily Life 9

미션 임파서블

이 에피소드는 진료실 밖의 이야기로 외전이라 할 수 있다.

2001년 군 복무 중 일어난 일이었다. 아마 7~8월쯤이었던 걸로 기억한다. 오전 작업을 하고 있었는데 김주르 상병이 나를 호출했다. 김주르는 꺾인 상병이라 기세가 하늘을 찔렀다. 군기 반장을 자처하고 나선 뺀질거리는 서울 출신 훈남이었다.

김주르: 야! 쩡! 이리 와봐!

그는 반말을 자주 해댔다. 고참이니 당연했고 군대니까 어련했다. 다만 나보다 나이가 어려서 몹시 짜증스러웠을 뿐이었다.

나: 일. 병. 정석!!

김주르: 쩡, 너 HQ로 얼른 튀어가 봐라!

HQ는 헤드쿼터란 뜻으로 본부란 의미로 통했다.

나: 뭐 말입니까? 김주르 상병님?

나는 의아하게 그를 맥없이 쳐다봤다.

김주르: 작전장교가 너 오란다!
나: 저 말입니까? 진짜지 말입니다.

반말인지 존댓말인지 모르게 씨부렁거렸다.
나는 군대에서 쓰는 말 중에 "그랬지 말입니다." 라는 문장이 가장 재밌고 통쾌했다.

김주르: 그래! 또 돌아간다 정!

군대에서 '돌아간다'는 뜻은 '운이 좋게도 업무가 없어 논다'는 의미였다.

나: 하하하! 왜 또 그러십니까! 김주르 상병니~임!

김주르: 이 쉐이 봐라? 실실 쪼개지.

나: 아아~아닙니다. 당장 다녀오겠습니다. 충성!

김주르: 쩡, 너 지난번에도 혼자 다른 작업한다고 빠졌잖아. 똑바로 해라!

나: 일병 정! 확실하게 하겠습니다.

김주르: 좋은 말할 때 잘해라! 알았냐? 나를 물로 보지말고.

나: 네. 정신 차리고 앞으로 군생활 똑바로 하겠습니다. 충~~~송!!!

나는 곧장 대대본부로 피구왕 통키처럼 달려갔다. 작전에 일가견이 있는 장교를 수소문했다.

나: 일병 정석입니다. 절 찾으셨습니까?

작전장교: 그래. 중요한 일이 있다. 어서 연대로 가자.

이거 뭐지? 무슨 중요한 일이길래 급히 나를 불러서 그것도 연대까지 간단 말인가? 내가 뭘 잘못했나? 크게 문제 일으킨 적이 없는데 너무 무서웠다. 사람은 죄짓고 살면 안 되는 것이었다.

나: 넵. 일단 알겠습니다.

'일단'의 만능은 군대에서도 통하는 즐겨찾기 단어였다. 나와 작전장교는 어떤 이등병이 운전하는 육공 트럭에 몸을 싣고 연대로 출발했다. 작전장교는 조수석에 타고 나는 일반 사병이라 짐칸에 탔다. 차가 출발하자 시원한 바람이 나의 절벽 진 까까머리를 간지럽혔다. 그곳은 반경 10km 이내에 여자라곤 대대장 사모님 빼고 아무도 없었던 실로 삭막한 지역이었다. 오로지 신록이 우거진 대성산만 우뚝 솟아있을 뿐이었다. 그래서 뜻밖의 외출에 눈에 들어온 적막강산도 친근하게 느껴졌다.

그러나 육공트럭의 가공할 속력으로 말미암아 오픈에어링에 슬슬 한기를 느끼기 시작했다. 천막을 치고 싶었지만 바람 때문에 퍼드덕거려서 그조차 여의치 않았다. 나는 쓸쓸히 골룸처럼 웅크리고 앉아서 30분을 내리 덜컹거리는 맛을 즐겼다. 초라한 그랜드 투어링은 그렇게 막을 내렸고 나는 작전장교와 연대본부 사무실로 들어갔다. 작전장교는 많이 본 상급장교와 대화를 나누었다. 소령 견장의 연대 작전과장이었다.

작전과장: 그래. 오느라 수고가 많았다. 오늘 네가 긴히 할 일이 하나 있다.

나: 충성! 시켜만 주십시오. 이 몸 바쳐 애국하겠습니다.

가끔 업무차 연대로 와서 일면식은 있었으나 과장님은 나를 모를 것이 분명했다. 무슨 대단한 작전이길래 나를 그토록 찾은 것일까? 독고다이 움직여야 하는 은밀하고 위대한 침투작전이란 말인가! 나는 잔뜩 경계하며 훗날을 걱정했다. 설마 실미도처럼 북파 공작원이 되는 것 아닌가, 하는 원대한 미션을 떠올렸다. 김정일의 목을 냉큼 따오라우! 이 말만은 정말 안 나오길 고대했다.

작전과장: 너 수의사지?

나: 넵. 그렇습니다.

느닷없이 입대 전 출신을 물었다. 나는 졸업 후 수의사 면허를 취득한 뒤 느지막이 입대했다. 면허증은 따끈따끈했지만, 나이가 25살이라 고생이 많았다. 19살짜리 선임병에게 꾸지람을 자주 들으며 생활하였으니 그 고충은 이루 말할 수조차 없이 애절했다.

작전과장: 그래. 그럼 믿고 잘 부탁한다. 정보과장에게 내용 전달받고 숙지하도록 이상!

나: 네. 알겠습니다. 충~성!

갈수록 태산이었다. 1급 대외비 정보가 연관된 작전이란 말인가! 럴수 럴수 이럴 수가. 나는 아연했다. 기껏 일병 3호봉인데 내가 무슨 국가의 부름을 받을 짬밥이란 말인가! 기가 찼다. 정보과장은 나를 데리고 복도로 나오면서 은밀히 속삭였다. 허나 간부로부터 위대하고 비밀스러운 미션을 듣자마자 뒤로 나자빠질 뻔했다. 얼큰한 뇌진탕 한 사발을 원샷할 만한 입틀막 작전이었다.

정보과장: 연대장님 관사로 즉시 가서 이걸 투여해라!

말이 끝나기가 무섭게 나의 투박한 손바닥에 무언가를 쥐여줬다. 많이 보던 물건이라 새삼스럽지는 않았으나 핑크색 바이알(주사액이 든 병) 한 병과 3cc 주사기여서 의아했다.

나: 죄송한데 이게 뭡니까? 과장님!

정보과장: 관사에 가면 백구가 한 마리 있어. 이걸 놔줘. 네가 할 수 있을 것 같다.

그 약은 광견병 백신이었다. 흰 진돗개한테 광견병 접종을 하라는 작전이었다. 이른바 "연대장님 관사 반려견 방역 대작전"

의 일환이었다. 수의사 출신 일등병은 고개를 떨구고 심히 좌절했다.

나: 흐흑. 알겠습니다.

그럼 그렇지 내가 무슨 국가와 민족을 구할 극비작전을 하겠는가! 총은 기가 막히게 쐈지만, 명사수를 못 알아봤다. 나는 뙤약볕에 연대본부를 나와 땀을 줄줄 흘리며 연대장 관사로 걸어올라갔다. 언덕에 위치해서 상당히 전투화 차림이 불편했다. 한 5분을 걸어서 도착한 관사에는 관사관리병이 있었다. 관리병에게 나의 중대한 미션을 말하고 나는 개집으로 향했다.

근처로 다가가자 이미 흥분한 흰색 진돗개는 개 줄을 끊을 태세로 짖으며 으르렁거렸다. 물리면 사망각인 맹견의 가공할 위세였다. 나는 용기를 내어 저벅저벅 백구에게 다가갔다. 개털이 개집에 잔뜩 끼여 악취가 진동했고 찌그러진 개밥 그릇은 형편없이 나뒹굴었으며 물그릇에는 푸른 이끼가 껴 녹조라떼를 버금케했다. 그러나 개는 멀쩡했고 상당히 건강해 보였다. 이빨을 드러내며 잔뜩 경계하는 백구에게 겁도 없이 더 접근했다. 사실은 너무 무서워 온몸이 떨렸다. 군대 와서 이게 뭔 짓인가 싶었고 엄마가 보고 싶어 울먹였다.

나는 광견병 백신을 주사기로 뽑았다. 무더위에 약효는 이미 제로콜라가 되고 말았을 백신을 그래도 정성껏 준비했다. 주사라고는 대학 때 농촌활동 가서 광견병 무료접종을 4년 내내 해 본 것이 전부였지만 시골 개들 주사는 나름대로 자신 있었다. 그러나 무섭게 침을 질질 흘리며 나를 잡아먹으려 하는, 이미 '광견병에 걸린 듯한' 진돗개를 감당하기 버거웠다.

이걸 어쩌지? 내 처지가 한심해 한참 동안 멍때렸다. 나는 진돗개 앞 2m쯤 떨어져 앉아 골똘히 궁리했다. 결국, 아무런 방도를 찾지 못한 나는 드디어 어떤 결단을 내리고 마침내 접종을 실시했다.

한 손으로 주사기를 받치고 다른 한 손으로 주사기 피스톤을 밀어 맹견의 안면을 향해 백신 물줄기를 발사했다. 뜻밖의 물총 세례에 백구는 날름거렸고 받아먹었다. 결국, 나는 광견병 백신의 경구투여와 콧구멍(비강) 동시접종을 감행한 것이었다.

몹시 부끄러웠다. 그러나 생명의 위협을 느낄 정도로 관사 중형견은 사납고 매서웠다. 하지만 군대라서 명령에 무조건 복종해야 했다. 그래서 무언가를 해야만 했다. 미안했지만 드센 개에게 주사를 놓을 자신이 없었고, 사실 매우 위험한 짓이기도 했다. "도움은 될 거야 아암!" 나는 바보같이 읊조리며 쓸쓸히 관사를 떠났다. 백구는 자신의 입 주변을 자꾸 빨아대며 입가심하였다. 좀 미안했지만, 누군가의 도움도 받지 못한 나는 무력했다. 그래도 참 염치가 없었다. 연대본부로 돌아가 나는 불가능했던 작전에 대해 슬픈 보고를 하였다.

정보과장: 잘했냐? 할 만 하냐?

나: 네. 작전은 성공적이었습니다. 광견병 걸린 미친개는 절대 안 될 것 같습니다.

태연하게 하얀 거짓말을 뇌까렸다. 나는 연약한 풋내기이자 비겁한 군인이었다.

정보과장: 그래. 수고 많았다. 작전과장님과 상의해서 포상 휴가 올려볼게.

나: 감사합니다. 과장님! 추~~~~웅~~~~~~서~~~~~~엉!!!!

마음이 답답했지만 귀청 터져라 감사인사를 했다.

정보과장: 얼른 1대대로 복귀하도록!

나: 충성!

나와 작전장교는 그렇게 대대로 복귀했다. 참으로 짧았지만 길었던 하루였다. 내무반에 들어서자 부대원들의 질투와 부러움 서린 눈빛이 나에게 꽂혔다.

김주르: 좋았냐? 뭐 했냐? 노니까 좋디?

나: 엄첨 고생했지 말입니다. 말도 마시지 말입니다.

김주르: 뭐 했는데 대체?

나: 비밀 작전이라 누설하면 안 된다 했지 말입니다. 죄송합니다.

김주르: 그래? 쩡 이거 이상하단 말야?

나는 끝끝내 나의 기막힌 미션을 털어놓지 못했다. 20년이 흘렀으니 그 백구는 지금쯤이면 무지개다리를 건넜겠지? 미안하지만 그 개가 너무 사나워서 어쩔 수 없었다. 그땐 정말 미안했어. 관사 백구야!

포상휴가는 없었다. 이게 하늘의 이치인가! 한 짓이 있었으니 아쉽지는 않았다. 시간이 흘러 부끄부끄 흑역사는 퇴색되었지만, 가슴 한구석에 박혀 내내 지워지지 않았다. 사람은 모름지기 죄짓고 살면 안 되고 잘못은 인정하고 용서를 구해야한다고 생각한다. 대저 정직하고 당당하면 그걸로 이미 성공한 인생이고 누가 봐도 떳떳한 삶이다.

야생동물은 미끼를 이용한 광견병 예방약(bait vaccine)도 있지만, 반려동물에서 광견병백신은 수의사가 투여하는 피하 또는 근육주사가 원칙이며 그것만이 접종의 증거로 가능하다.

Daily Life 10

플란다스의 개

오래된 일이다. 젊은 신부님이 있었다. 건장하며 수려한 외모의 신부님은 새로이 OO성당에 부임해오신 분이었는데 매사에 의욕적이며 활기차고 부드러운, 그야말로 댄디가이였다. 신부복을 입고 동물병원에 나타났을 때 후광이 비쳤고, 차분한 목소리에서 느껴지는 중후함과 신뢰감이 돋보였다.

당시 KBS '1박 2일' 예능 프로그램이 한창 인기 있을 시기였다. 제7의 멤버로 상근이라는 피레니즈 견종이 등장하여 깨알 재미를 주었다. 방송 덕분에 대형견 애견 붐이 일었고 피레니즈 분양이 덩달아 늘어났다. 새로 부임해 오신 신부님께서도 개인적인 대형견 애호 취향인지, 인기 견종이어서 순간 마음을 뺏긴 건지 어쨌든 피레니즈 자견을 분양하여 예방접종을 위해 우리 병원에 내원하셨다.

나: 큰 개를 어디서 키우시게요. 신부님?

신부님: 성당 마당에 개집을 근사하게 지었어요. 야외에서 키우려구요.

나: 덩치가 커서 힘드실 텐데요.

신부님: 대형견이라 걱정이 됩니다만 성당 아이들을 위해서 한번 즐겁게 키워보려구요.

그렇게 신부님은 꼬박꼬박 기초접종과 사상충, 진드기 구충을 놓치지 않고 방문하였다. 신부님의 주머니 사정은 그리 넉넉지 않음을 나는 익히 알고 있었기에 그의 마음 씀씀이가 아름답고 고마웠다.

신부님: 요즘은 수레를 만들고 있습니다. 원장님!

나: 만화 속 플란다스의 개를 진짜로 해보시게요?

신부님: 꼬마들 뒤에 태워주고 피레나가 끌면 얼마나 즐거워할까요?

피레나는 하얀 대형견 피레니즈의 이름이었다. 갸륵한 성자의 마음이 하늘에 닿는 것 같았다. 실로 순수하고 아름다운 5월의 신부님이셨다. 그의 교인 사랑에 나는 감동하여 신부님께 더 잘해주고 싶어졌다. 그래서 외부구충제를 파격적으로다가 천 원 DC해주었다. 천 원 할인이면 짠돌이가 많이 깎아준 드문 케이스였다.

피레나는 어느덧 4차 접종까지 완료하였다. 신부님 업무가 과중하셔서 자주 오시기 쉽지 않은 눈치였다. 그렇다고 젊은 신부가 나이 지긋한 성당 지기에게 부탁하는 성격도 못될 것이 분명했다. 마지막 5차 접종은 끝내 오지 못했고 몇 달 후 진드기약을 사러 오시는 것이 전부였다. 그렇게 피레나와 신부님은 뜸했지만 나는 가끔 동화처럼 수레를 끄는 개를 상상해보곤 했다. 그 분은 분명 낭만을 아는 분 같았다. 각박한 이 세상 속에서 한줄기 섬광으로 빛나는 순수, 그 자체였다.

그런데 어느 날, 한 통의 전화가 왔다.

나: 네. 재즈동물병원입니다.

다급한 목소리의 남자가 대답했다.

남자: 저 OO성당 신부입니다.

꽃보다 남자, 5월의 신부님이었다.

나: 아이고. 우리 신부님. 오랜만이네요. 피레나 잘 있죠?

신부님: 네. 잘 있긴 한데 문제가 생겼습니다.

나: 네? 무슨 문제라도?

신부님: 그게 글쎄. 피레나가 사람을 물었습니다.

나: 아이고 저런. 많이 안 다쳤을까요?

신부님: 발목을 물었는데 억세게 물어서 좀 다치셨습니다.

나: 어쩌다가….

난처한 견주에게 나는 심심한 위로를 전했다.

신부님: 상의드릴 일이 있는데. 음. 내일 그냥 찾아뵙겠습니다.

나: 네. 알겠습니다.

다음날 다소 긴장된 표정으로 신부님이 나를 찾아오셨다.

사실 나를 찾아올 일이 딱히 없었기에 종잡을 수 없는 궁금증을 품었다.

나: 누추한 곳까지 어인 일로 오셨어요? 일단 이쪽으로 앉으시죠?

신부님을 진료대 의자로 안내하곤 급히 빈약한 냉장고로 향했다. 음료수라도 하나 있나 고개를 숙여 찾아봤다. 1.5리터 오렌지 주스가 반쯤 남아 있었다. 휴, 다행이다 싶었다. 유통기한을 확인했다. 임박했지만 날짜가 아직 남아 있었다. 그래도 쬐금 따라서 마셔봤다. 오렌지 향이 꽤 살아있었다.

신부님: 아이고, 아이고. 이 귀한 따봉 주스를 다 주시고 송구합니다.

나: 오렌지가 흔해 빠져서요. 하하하! 쭉 드셔 보세요. 기미 상궁이 이미 맛을 봤답니다요.

신부님: 감사합니다.

나: 별말씀을요. 무조건 원샷인 거 아시죠?

신부님: 우리 스타일 아시면서. 하하하!

나: 그나저나 어쩐 일로?

신부님: 피레나가 사람을 물었다고 어제 말씀드렸죠. 근데 교인을 물었습니다. 피레나한테 쇠줄을 해서 개집에 묶어놨는데 미사 끝나고 큰 개가 신기하니까 교인들이 둘러싸서 구경하다가 피레나가 갑자기 중년 여성 교인의 발을 물었습니다.

나: 쯧쯧. 순한 종인데. 사람이 많았나? 귀찮게 했을까요?

신부님: 모르겠네요. 갑자기 일어난 일이라서 제가 성당 책임자이고 개 주인이다 보니 상당히 난처해졌습니다. 바로 교인분을 모시고 대한민국병원에 가서 치료했어요.

나: 잘하셨네요. 성당 가꾸려다가 마음고생 많이 하셨겠네요.

신부님: 근데 문제가 생겼습니다. 그 교인분이 성당에서는 괜찮다고 하셨는데 막상 병원에 누우시니까 흥분하셔서 딴지를 걸어 매우 곤혹스럽네요. 광견병 접종했냐! 이걸 어떻게 책임질 거야! 당장 개 치워라! 역정을 내시면서 궁지로 모시더군요.

나: 아이구 저런.

신부님: 성당 어르신들도 개를 왜 데려와서 이 사단이 났느냐고 개와 저를 탓하며 상당히 불편한 심기를 드러내서 여간 곤란한 게 아닙니다.

나: 슬기롭게 해결하셔야겠네요. 일단 개를 빨리 보내야 누그러지겠네요.

신부님: 근데 혹시 우리 피레나 광견병 접종했을까요?

나: 한번 확인해볼게요.

나는 진료 차트를 확인했다. 4차 접종까지만 되어있었고 5차를 오지 않아 안타깝게도 광견병 접종은 미실시되어 있었다.

나: 광견병이 마지막인데 못 오셨군요. 저런.

신부님: 흐흑. 제가 바빠서 마무리를 못 했네요. 이를 어쩌죠? 광견병 접종 증명서 가져오라고 성화인데 굉장히 난감하네요. 물린 교인에게 죄송하고 저 또한 심적으로 고통스럽네요.

맑은 영혼에 흠집이 상당히 생겨서 마음의 휠 타이어와 보닛 복원을 해야 할 지경에 이른 느낌이었다. 순식간에 개인의 안위 앞에 종교적 권위는 뒷전으로 밀렸고, 고결한 인류애와 보편적 사랑을 노래했던 카톨릭의 기치는 초라해져 길거리의 신문 쪼가리처럼 남루했다. 그토록 그가 측은하고 안쓰러웠다.

신부님: 광견병 걸린 개라면 어쩔 거냐고 항의하는데 정말 미안하기도 하고 속상했습니다.

나: 광견병을 사람들이 엄청나게 무서워하잖아요. 사람 병원에서도 가능성을 열어두고 체크하면 겁이 날 수밖에 없죠. 접종 기록만 보여주면 일단 환자도 안정을 찾을 텐데 안타깝네요.

신부님: 제 불찰입니다. 불상사가 없어야 할 텐데요. 걱정이네요.

나: 일단 피레나가 광견병에 걸린 것은 아닐텐데 환자가 무작정 공포심에 예민한 것 같습니다. 물린 사람이 광견병이 나타나는지 지켜봐야 하지만 확률은 희박하긴 합니다. 그렇다고 접종 증명서를 가짜로 만들어 드릴 수도 없고, 저 또한 책임이 있는 터라 단정하기는 어렵겠네요. 죄송해요.

신부님: 아닙니다. 혹시나 해서 왔습니다. 답답하고 마음이 산란하네요.

나: 별일은 없을 겁니다. 물린 상처 치료만 잘하면 거의 문제 없지만 2차 감염도 주의해야 하니까 최선을 다하시면 될 거예요. 사죄

하는 방법뿐인 것 같습니다. 개 주인이니까 거듭 미안하다 해야죠.

꽃보다 아름다웠던 5월의 신부님은 자신이 원하던 소기의 목적을 달성하지 못하고 축처진 어깨로 사라져 갔다. 참으로 안타까운 사건이었다. 덩그러니 처박혀 있을 빛바랜 수레가 떠올랐다. 아름다웠던 플란다스의 개는 말썽쟁이로 낙인 찍혀서 돌봄을 못 받고 있을 것이 분명했다. 광견병 접종이 안 된 상태라서 접종 기록만 있었어도 다친 교인에게 해명하면 금방 누그러질 일인데 내 마음이 쓰려 왔다. 그렇다고 환자의 처지와 마음을 온전히 이해 못 하는 것도 아니었다. 내 몸은 무엇보다 소중하니까 그 심정을 조금은 알 것 같았지만, 풀뿌리 교인이 지엄한 카톨릭의 사제를 추궁하였다니 종교도 실존 앞에서는 다 부질없는 신기루 같은 것일까 번뇌에 빠졌다.

묶인 개에게 함부로 다가가거나 만지는 걸 조심했으면 어땠을까 하는 아쉬움도 진하게 남았다. 당시엔 반려동물 붐이 일어난 초창기여서 산책을 즐기는 개에게 호기심에 무작정 다가가 만지고 예쁘다고 하는 게 보통인 시대였다. 그러다가 물리고 할큄을 당하는 사례가 자주 발생하곤 했다. 다행히 지금은 성숙한 반려동물 문화가 정착되어, 타인의 동물에게 선불리 접근하지 않는 펫티켓이 대중화되었다. 그리하여 이와 같은 사고는 미연에 예방이 가능해졌다.

결국, 신부님은 교인 환자의 케어에 심혈을 기울였고 피레나는 파양했으며 개집과 수레는 버려졌다고 했다. 더구나, 그 충격 때문인지 신부님은 부임하신 지 얼마 안 되었지만 다른 교구로 서둘러 떠나셨다. 가시기 전, 신부님은 내게 마지막 작별을 고하러 동물병원에 들렀다.

신부님: 저 갑니다. 그렇게 됐습니다. 옮긴 곳에서는 개는 안 키울 겁니다. 너무 힘들었어요. 하하하!

씁쓸하고 호탕한 미소를 지으며 5월의 신부님은 고요히 떠나갔다. 나는 한참 동안 그의 뒷모습을 배웅하며 젊은 성자의 무탈한 안녕을 염원했다.

* 덧붙임

광견병은 인수공통 전염병으로 백번 강조해도 부족한 질병이다. 반드시 동물병원에서 검진 후 1년 1회 이상 광견병 접종을 해서 키워야 반려동물도 보호자도 안전하다. 더구나 무엇보다 동물이 남에게 상해를 가했을 때, 인수 전염을 막을 수 있는 가장 효과적인 방법이 된다. 다시 말해 광견병 접종 증명서는 막연한 공포감을 안정시켜줄 펫티켓의 에센스다.

개와 고양이는 새끼 때 기초 광견병 접종을 한 후, 매년 1회 보강접종을 해야 한다. 그리고 동물에게 물리거나 할퀴을 당했을 때는 즉시 환부를 소독하고 드레싱을 한 후, 일반 외과에 방문하여 진찰을 받고 적절한 치료를 받아야 한다. 괜찮겠지 하면서 차일피일 미루며 상처에 신경을 안 쓰다간 2차 감염으로 발전하여 치명적인 패혈증을 유발할 수 있으므로 교상 치료는 매우 중요하다. 그리고 파상풍 예방주사는 미리 맞아두면 정신 건강에도 유익하다. 나는 10년짜리를 맞아뒀다.

2장

"사람에게 받은 위로와 그들에게 받은 위로는 달라요
그들은 우리에게 이유를 묻지 않아요
그냥 당신이기 때문에 좋아합니다"

강형욱

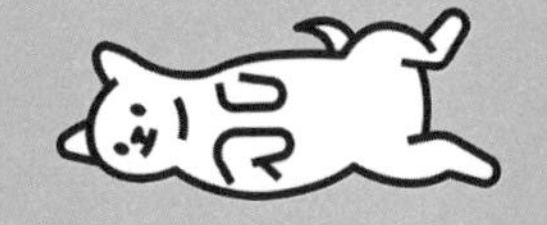

Daily Life 11

명백한 오진

60대 초반으로 보이는 남자가 갈색 푸들을 한 마리 데리고 내원했다. 1년에 한 번 정도 왔던 진료기록이 남아있었다. 아저씨와 강아지가 진료실로 입장했다.

나: 오늘 어떻게 오셨나요?

아저씨: 변이 많이 묽어요.

나: 그런가요? 어디 한번 봐볼까요.

푸들의 얼굴 쪽부터 신체검사를 시작했다. 눈빛이 또렷하고 표정이 밝아 보였다. 쓰윽 더듬으며 배도 만져봤다. 뱃속이 비어 있었다. 나는 체온계를 집어 들어 푸들의 항문에 살살 삽입했다. 강아지가 그리 큰 저항을 하지 않아 기분이 좋았다. 한 20초쯤 기다렸다가 체온계를 뺐는데 39.5도(개 정상체온

38.5~39.0도) 정도 미열이 있었다. 그러나 체온계 끝에는 뭉글뭉글한 핏덩이가 묻어나왔다. 순간 깜짝 놀랐다.

나: 피가 막 나오네요. 대체 뭘 먹은 거죠? 접종은 하셨나요? 최근 밖에 나갔다 왔나요?

급성 출혈성 장염이 의심되었다. 그래서 몇 가지 질문을 K-9 자주포처럼 퍼부었다. 원점 타격을 당한 아저씨는 순식간에 초토화되어 벌벌 떨었다.

아저씨: 뭘 준 게 없는데…. 뭘 준 게 없어요. 전혀.
나: 식중독도 있지만 우선 전염병 검사해보고 또 살펴보죠. 우리 병원 접종 기록도 없네요. 접종은 하셨나요?
아저씨: 안 했어요. 아마도.

대답이 의아했다. 다들 무작정 했다고 말하는데 부정을 하다니! 동물병원에 내원하여 수의사로부터의 백신 접종은 반려동물 집사 생활의 기본 중 기본이었다. 그러나 많은 보호자는 '별일이야 있겠어' 하면서 안일하게 생각하여 예방접종을 등한시하고 키우면서 병도 같이 키웠다.

나: 장염 키트 검사 일단 해볼게요. 비용은 ** 들어가는데 괜찮으시겠어요?

아저씨 : 음……. 일단 해보슈!

중장년치고 빠른 수긍을 하였다. 피똥의 역습이 가공할 위력을 보였던 것이었다. 사람도 마찬가지지만 그만큼 출혈성 설사는 치명적이고 원인이 다양했다. 나는 파보/코로나 콤보키트를 자신 있게 꺼내다가 검사를 시작했다. 피가 덕지덕지 채취된 멸균면봉을 희석하여 키트에 순조롭게 점적했다. 그리곤 키트 결과가 나오는 동안 청진을 하고, 푸들의 배를 다시 만지며 복통 여부를 가늠했다. 나름 20년 임상을 했으니 얼추 내공은 있었다. 비정상적인 복명음(배에서 들리는 소리)은 그다지 없었고 복통 또한 그리 현저하지 않았다.

나: 어제 뭘 주셨나요? 밖에서 주워 먹은 것은 없었나요?

환자인 동물과 의사소통이 안 되는 수의사는 전적으로 보호자의 말에 의존해야 하는 특수성이 있다. 그래서 병력 청취(문진)는 진료의 시작이자 끝으로 매우 중요했다.

아저씨: 흠, 없는데 전혀. 산책하러 나가서 킁킁거리긴 했는데 뭘 먹는 아이가 아녀요.

나: 쭉 생각해보세요. 마지막에 뭘 줬는지도요.

아저씨는 골똘히 생각에 잠겼고 키트는 보라색으로 물들어 갔다. 잠시 생각하던 아저씨는 갸우뚱거리며 말문을 열었다.

아저씨: 뭐 특별히 준 게 없어요. 확실하게 없다니깐요.

나: 진짜요? 이상하다. 도대체 뭘 주셨길래 이 지경이 됐을까요?

반복적인 추궁에 아저씨는 이실직고를 시작했다. 그러나 그건 훗날 내가 원치 않을 자백이었다.

아저씨: 딱 하나 줬지!

장염 콤보 키트는 신나게 물들어가면서 대조군(비교 대상)이 발색해 실험군(검체) 쪽으로 나아가고 있었다.

나: 그게 뭔데요?

아저씨: 빨간 피망을 잔뜩 줬지!

나 : 피망요?

아저씨: 붉은 피망 있잖아요. 그걸 기똥차게 먹어요.

나는 얼굴이 화끈거렸지만 내색하지 못했다.

피가 아니라? 피……망? 피……망했네! 망했어. 콤보 키트는 당연히 음성(정상)으로 깔끔하게 발색이 완료되고 있었다.

나: (멋쩍게 웃으며) 그랬나요?

웃퍼서 씁쓸한 미소를 지을 수밖에 없었다.

아저씨: 잔뜩 먹었지 아마.

오마이갓! 맙소사! 이럴 수가!

나: (초연한 눈빛으로) 다행히도 장염 키트가 정상이네요. 전염병은 아닙니다. 하하하!

내가 웃는 게 웃는 게 아니었다. 이런 리쌍이었다.

아저씨: 아이고 우선 다행이네요.

나: 네. 지사제 주사랑 위장보호제랑 먹는 약도 드려볼게요.

아저씨: 그럽시다.

아저씨는 다행스럽게도 검사 결과에 만족해했고 푸들은 주사를 얌전히 맞았다. 나는 경구약을 조제하려고 약사발에 약을 갈면서도 찝찝한 기분은 떨쳐버릴 수가 없었다.

나: 설사 나으면 꼭 접종을 바로 해주세요.

아저씨: 생각해 볼게요.

하지만 푸들 보호자는 진료비 계산을 하면서 아는 노래처럼 흔해빠진 쓴소리를 하였다.

아저씨: 강아지가 어찌 나보다 비싸누! 거참!

역시나 유행가 가사처럼 한치도 틀림이 없는 틀에 박힌 대사였다. 수많은 보호자는 의료보험료를 매달 내는 것이 아닌데 그 혜택만 바라보며 인의와 수의를 단순비교했다. 의무가 있어야 권리가 있음을 많은 보호자는 망각했다. 동물이 아프지도 않을 때, 꼬박꼬박 국가 의료보험료를 낸다면 얼마나 많은 거부반응이 일어나고, 유기견이 늘어날지 불을 보듯 뻔한 일이었다.

김쌤 : 보험이 없으니까요.
아저씨: 동물은 왜 보험이 없어가지구.

그렇게 아저씨는 흔한 손님들처럼 개운치 않게 물러갔다. 그 분이 나가자마자 김쌤은 한숨을 쉬었다. 전 세계적으로 국가적인 동물보험은 없다. 모든 사람이 동물을 키우는 것이 아니며, 형편이 안되는 사람이 꼬박꼬박 보험료를 낼 리 만무하기 때문일 것이다. 그러나 사보험은 개인의 자유로 가입이 가능하다.

김쌤: 차트 보니까 딱 1년에 한 번 오시는 분이 보험 이야기를 하면 어쩌누.
이쌤: 건강해서 자주 오지도 않는 동물 보호자들이 저러면 정말 힘 빠져요.

그녀들의 넋두리는 한동안 계속되었고 나는 진료실에 앉아 한약처럼 쓴웃음을 지었다. 그리고 몇 마디 독백을 하면서 상당한 부끄러움을 느꼈다.

나: 피떵이인 줄 알았는데…… 피똥인 줄 알았는데…… 빨간 피망이었어?

나는 고개를 한동안 들지 못해 급성 거북목 증후군을 호소했고 길다면 긴 임상 경력이 참으로 창피하고 무색해서 견딜 수가 없었다. '그래도 전염병은 진단 1순위니까 잘한 거야! 잘한 거야!' 애써 나를 위로했지만 어딘지 많이 찜찜했다. 그리곤 아무도 안 들리게 혼잣말로 낮게 중얼거렸다.

나: '어쩐지 피 냄새가 안 난다 했어. 쩝.'

피 같은 변 색깔 때문에 부끄부끄 식은땀이 줄줄 흘렀고 악어의 눈물은 그칠 줄을 몰랐다. 각종 검사 들어가기 전에 병력 청취(history taking)를 꼼꼼하게 더 많이 해야겠다고 생각했다. 개에게 피망을 먹일 줄은 전혀 생각하지 못했고 보호자가 빨리 밝히지 않아 오해했다. 진심 케첩처럼 젤리 같은 빨간 게 마구 딸려 나와서 선혈(신선한 피)인 줄 알았다. 하마터면 명백한 오진을 할 뻔했다.

Daily Life 12

우리 개는 안 물어요

따르릉! 따르릉! 공허한 병원에 불길한 수화음 소리가 울려 퍼졌다.

나: (늘 친절하게) 재즈 동물병원입니다.

질문녀: 우리 애가 갑자기 침을 흘려요. 이거 광견병이죠?

예측하건대 그녀는 무료 원격진료를 시도하는 것 같았다. 종종 병원에 내원하지 않고 전화로만 궁금증을 해결하려 하는 사람들이 있다. 무성한 문의전화는 동물병원 업무에 많은 지장을 주고 있어 운영하는 입장에선 여간 힘든 일이 아닐 수 없다.

나: (그래도 나름 성의껏) 아, 네! 이런, 큰일이네요.

동물이 침을 흘리는 원인은 수십 가지에 이르겠지만 이미 광견병이라고 단정을 지은 듯한 그녀의 물음에 나름 격하게 호응해주었다. 사실 전화 내용이 다소 터무니없어 아주 살짝 귀차니즘이 발동하기도 했으나, 이분 역시 잠재적인 고객이기에 전화 응대에 성의를 다해야 했다.

질문녀: (수심 가득한 말투) 광견병 걸리면 다 죽는다면서요?

나: 치사율이 높죠. 인수공통이고요. 그러니 광견병 걸린 개한테 물리면 감염됩니다! 큰일 나요. 난리 나죠.

또다시 나의 오지라퍼가 가동되었다. 그러나 그녀의 대답은 내 걱정을 한 방에 안드로메다로 날려버렸다. 단지 말 뿐이었지만 사실 이건 거의 전치 8주짜리 외상과 다를 바 없었다.

질문녀: (버럭버럭 화내며) 우리 개는 안 물어요! 이거 왜 이래요!

뚜뚜뚜뚜! (홀연히 전화를 끊음)

나: (망연자실)………………

잠시 후 나는 수화기를 내려놓고 혼비백산을 수습하며 팩트체크에 의거한 혼잣말을 하였다.

나: 과연 광견병 걸린 미친개가 안 물까?

우리 개는 안 물어요!
우리 개는 안 물어요!
우리 개는 안 물어요!

'무슨 일이 있어도 절대 물지 않는 광견병에 걸린 개'를 키우는 여자는 스스로 전화를 걸고 일방적으로 끊었다. 그런데 그 후 한동안 그녀가 선언한 마지막 문장인 '우리 개는 안 물어요'는 뇌리를 떠나지 않고 맴돌았다. 결국 이 사건은 나에게 좌충우돌 수의학이 나의 운명이고, 황당한 보호자로부터 소박한 즐거움을 느껴야 함을 깨닫게 하였다. 그때부터 나는 거의 해탈의 자세가 되어 아모르 파티와 카르페 디엠을 동시에 체화하며 살고자 노력하게 되었다.

끝으로 광견병이란 질병 이름은 이제 레비스(Rabies)로 불렸으면 좋겠다. 개만 걸리는 줄 알고 고양이·토끼 등에 예방접종을 등한시니까. stop the beat! 오늘의 오지라퍼 가동은 여기까지다.

* 수의학 상식

광견병(Rabies) : 광견병 바이러스가 매개하는 인수공통 감염증. 광견병은 공수병(恐水病)이라고도 한다. 주로 온혈동물에서 신경증세를 동반하는 치명적인 전염병이다. 전 세계적으로 사람에게 광견병을 전파하는 가장 밀접한 원인이 되는 동물은, 집에서 기르는 '개와 고양이'이다. 그래서 함께 생활하는 반려동물(개와 고양이)은 반드시 백신 접종을 해야 서로 안전하다.

광견병 바이러스는 두뇌에 주로 문제를 일으키는 질병이다.

뇌를 공격하는 광견병 바이러스 때문에 우울함을 느끼거나 공격성이 강해지는 증상을 보인다. 흔히들 '미친 개'라고 부르는 증상이 특징이다. 특히 소음과 밝은 빛은 광견병 걸린 개의 공격성을 자극하게 된다. 광견병에 이환된 개는 주증상이 경련이며 침 흘림, 식욕결핍 등도 나타난다. 그리고 광견병 걸린 동물들은 턱이 마비되어서 입을 벌릴 수 없게 되기도 하고, 혀와 아래턱이 느슨해지면서 전신 경련이나 혼수상태가 되어 점점 죽어가게 된다.

광견병에 걸린 동물의 침 속에 바이러스가 있으며, 이환된 동물이 사람이나 다른 동물을 물었을 때 감염 동물의 침 속에 있던 바이러스가 전파되어 전염이 이루어진다. 사람의 경우에는 체온 상승, 식욕 감퇴, 무기력증 등 감기와 비슷한 증상들로 병이 시작된다.

Daily Life 13

황당무례한 전화

따르릉! 따르릉! 맥락 없이 울리는 전화벨 소리. 나와 진지하게 인생 상담을 하고 있던 김쌤은 슬리퍼로 미끄럼을 타며 데스크로 내달렸다. 슬리퍼 고무와의 마찰로 바닥은 스키드마크가 선명했고 고무 탄내가 진동했다.

김쌤: 네! 재즈 동물병원입니다.

여자: 거기 전화번호가 몇 번이야?

김쌤: 네? 여긴 동물병원입니다.

점점 예열하며 뜨거워지는 김쌤!!

여자: 동물병원인지 알고 전화했을 거 아냐! 거기 전화번호가 몇 번이냐고?

다짜고짜 반말로 시작하며 황당한 질문을 퍼부었다. 상담원들이 겪는 언어폭력은 상상을 초월하는 정신적 고통을 준다. 몇 마디에 김쌤은 급 피곤함을 느꼈다.

김쌤: 지금 전화를 거셔서 저희가 전화를 받은 거 아닙니까?

여자: 무슨 잔말이 많아. 전화번호 불러보라는데.

이미 멘탈이 붕괴되어 정신줄 놓기 직전으로 내몰린 김쌤!

김쌤: 전화를 어떻게 거신 거죠? 가르쳐 드릴 수는 있는데 너무 궁금해서요.

여자: 내가 지금 적으려고 하니까. 불러보라고!!

김쌤: 전화를 거셨는데 번호를 물어보다니 이해가 안 가네요.

여자: 그냥 불러보라고.

김쌤: 근데 왜 다짜고짜 반말을 하시나요?

여자: 뭐야? 전화를 뭐 이따구로 받아? 너 누구야?

김쌤: 세계 최고의 동물병원인 재즈 동물병원 수의 테크니션인데요. 왜 그러시나요?

꼭지가 단단히 돌아버린 김쌤은 BTS처럼 불타올랐다.

여자: 너 딱 기다려. 내가 저녁에 갈 테니까.

김쌤: 네 오세요. 잘못한 거 없으니까 기다릴게요!

여자: 퇴근하지 말고 딱 기다리고 있어!!

김쌤: 6시 퇴근이니 그 전에 오세요!

절대 지지 않는 그녀, 해가 지지 않는 위대한 대영김쌤제국이었다.

여자: 오냐, 너 딱 걸렸다.

그렇게 여자는 뚝 전화를 끊었다.

이건 생전 듣지도 보지도 못한 돌직구녀였다. 김쌤은 이 어처구니없는 상황을 나에게 알렸고 황당무계함과 무례함을 동시에 느꼈다. 한마디로 황당 무례함이었다. 상당한 내상을 입은 김쌤을 위로했지만, 정신적 충격이 커 보였다. 왜 어떤 사람들은 예의 없이 갑질을 하는 것일까? 성악설은 결코 빈말이 아니었다.

6시쯤 되니 그 여자가 나타났다.

여자: 전화 받은 여자 나와! 누구야!

김쌤: 제가 받았는데요. 뭐가 문제인가요.

여자: 전화번호 불러보라니까 그게 그리 어려워? 사람 놀리고?

김쌤: 너무 어이가 없어서 그랬습니다. 전화를 걸어서 전화번호를 물어보는 게 이해가 되세요? 전화는 어떻게 거셨죠? 다짜고짜 반말을 하시면서.

여자: 받아 적으려고 그런 거지. 싸가지 없게 전화를 받고 말이야.

대화가 안 되는 사람이었다. 자신이 무슨 행동을 하는지 모르는 사람, 한마디로 혼이 나간 사람 같았다. 외모는 멀쩡해 보이는데 왜 우릴 물고 늘어지는 걸까? 동물병원 바닥이 원래 이런 건가? 나는 자멸했다. 그래도 혹시나 하고 바닥을 응시해봤는데 티 없이 깨끗했고, 향긋한 락스 냄새가 풍겨와 딴지 걸 것이 없었는데 참으로 의아했다.

나: 네네. 죄송합니다. 뭔가 감정이 상하신 것 같은데 죄송합니다.

김쌤은 나의 사과를 못마땅해 했다. 그만큼 억울하고 어이없었다. 하지만 대화가 안 되는 고객과의 입씨름은 서로를 지치게 한다는 것쯤은 익히 알고 있었다. 도저히 이길 수가 없음을 알기에 일단락이 필요했다. 나의 저자세에 그 여성은 얼굴이 좀 풀린 것 같았다.

여자: 여기 병원이 괜찮다길래 다녀보려고 전화를 했더니만.

말끝을 흐렸다. 전화해서 그 병원이 맞는지 물어보고 메모지에 확실하게 메모를 해서 고이고이 모셔두고 내원할 야심 찬 계획이었을까? 의문은 풀리지 않았고 골치가 아파왔다.

나: 네. 오시면 잘 해드리겠습니다. 전화번호 적어드릴 테니 한번 와주세요.

김쌤은 큼지막하게 전화번호와 상호를 적어서 건넸다. 김쌤은 끝까지 침묵했고 초지일관하는 결연한 자세를 유지했다.

여자: 네. 알겠네요. 뭐 실례가 됐다면 저도 죄송하네요.

화해국면에 김쌤도 마지못해 굳게 다문 입을 열었다.

김쌤: 아니에요. 저희 응대가 부족했다면 용서하세요.

김쌤이 수그러들며 파고들었다. 참으로 대견했다. 낄끼빠빠를 아는 센스만점 테크니션이었다.

나: 자자! 잘됐네요. 보호자분도 어서 들어가시고 우리도 퇴근하겠습니다. 들어가세요.

그 고객은 그렇게 사라졌고 김쌤은 좌절했다.

나는 그녀의 가녀린(?) 어깨를 토닥이며 위로했다.

나: 지나갔다. 풀자. 하루, 이틀 아니잖냐. 근데 이건 너무 세다.

김쌤: 몰라요. 원장님이 왜 사과를 해요. 버텨야지?

나: 지는 게 이기는 거야. 살다 보면…….

개멋있는 낭만닥터 정재즈의 명언에 김쌤은 나가떨어졌다.

김쌤: 물러터져서는 멋있는 척하시긴…..!

원장의 폼생폼사를 안 세워주는 그녀가 얄미웠다.

하지만 정확한 팩트폭행이어서 가슴 한켠이 아려왔다.

나: 들어가자 김샘. 오늘 대박 한 건 했다. 아까 그분 온다고 벼르고 있을 때 잔뜩 긴장 타더니만.

김쌤: 솔직히 까놓고 말해서 엄청 무식한 사람 올까 봐 내심 걱정

이 이만저만 아니었어요. 힘들었다고요. 흐흐흐!

나: 소맥 한 잔 말까? 완전 맛있는 족발집으로 가자! 동물병원 정말 쉽지 않네.

김쌤은 흐뭇한 미소를 지었다. 그렇게 버라이어티한 하루가 지나갔다. 며칠 후, 그 전화번호녀는 아무 일 없다는 듯이 초진을 와서 우릴 놀래켰다. 그렇게 쭉 그녀는 개 2마리를 데리고 10년을 하루 같이 내원하며 우리 병원의 사생팬이 되었다. 심지어 자신의 집도 동물병원 근처에 얻어 떠나질 않았고, VIP가 되어 병원 운영에 큰 도움을 주며 꾸준히 좋은 유대관계를 유지했다. 사사건건 묻고 메모하고 까칠하긴 했지만.

때론 지는 게 이기는 것이란 진리는 역시나 통했다.

바이브가 부릅니다
이 번호로 전화해줘

Daily Life 14

개밥 주는 남자와 이브의 경고

2019년 12월 24일 성탄절 이브 오후 6시 40분.

중년 남자가 마치 클러치백을 들듯 말티즈의 배를 한 손바닥으로 받친 후, 옆구리에 끼고 동물병원에 입장하였다. 병원은 7시 마감인데, 그날은 크리스마스 이브여서 다들 한껏 들떠 있었다.

김쌤: 오신 적 있으세요?

남자: (휴대전화를 만지며)……………………네.

김쌤: 진료 받으러 오셨나요?

남자: ……………………

김쌤: 보호자님 성함이 어떻게 되세요?

남자: ……………………

아무런 대답을 듣지 못해 무안해진 김쌤은 진료 보조를 위해

진료실로 들어갔다. 청소하러 고무장갑을 끼고 돌아다니던 이쌤이 그 중년 남성을 발견하고 장갑을 벗고 데스크로 급히 와서는 거듭 물었다.

이쌤: 진료 보러 오셨어요? 차트 있으세요?

이쌤은 성탄절 이브라 괜히 신나서 발랄하게 응대했다.

남자: ………

또다시 대꾸를 안 한 채 말없이 자신의 폰을 신경질적으로 터치하고는 무심하게 데스크 위에 올렸다. 이쌤은 남자의 휴대전화 화면을 주시했다.

이쌤: 아아! 개 사료요? '저알러지 스몰독' 말씀이신 거 같네요. 하하!

이쌤은 용품 매대로 다가가 피부용 처방식 사료를 냉큼 꺼내왔다. 그런데 이쌤이 사료를 비닐에 담아 고객에게 건네자, 남자는 빈정거린 말투로 이 쌤에게 대뜸 물었다.

남자: 애완동물 안 좋아하세요?

이쌤: (어이가 없어 눈만 깜박깜박) …………네?

남자: 애완동물 안 좋아하시나 봐요?

이쌤: 아뇨! 좋아하는데 왜 그러시나요?

누가 뭐래도 이쌤은 개, 고양이를 안 가리고 동물을 무진장 좋아했다. 심지어 동물이라면 자다가도 일어나서 몽유병으로 오해를 받는 친구였다.

남자: 좋아한다는 사람이 사료, 사료가 뭡니까? 밥이라고 해야지!

황당해진 이쌤은 순간 멍해져, 할 말을 잃었다. 4~5초 후 간신히 정신을 수습하여 대답했다.

이쌤: 네? 사료를 사료라고 하지 그럼 뭐라고 하나요?

친절봉사 정신이 투철한 직원이어도 아닌 것은 아니라고 말하는 것이 맞았다.

남자: 소, 돼지가 먹는 게 사료고, 이런 애완동물은 밥이라고 해야지!

옆구리에 낀 말티즈가 '이런 애완동물'인 듯 보였다. 이쌤은 더 이상 대꾸할 가치를 못 느껴 이내 건성으로 "네네" 라고 수긍하며 사료를 건넸다. 카드를 받아 서둘러 계산하고 돌아서서 벗었던 고무장갑을 끼고 휴지통을 비우러 갔다. 그러나 남자는 볼일이 남았는지 좁은 로비를 서성이더니 다 들리게 소리쳤다.

남자: 사람 말이 아직 안 끝났는데 예의 없게 그냥 가요? 여기 진짜 왜 이래!

언성이 높아지자 진료를 보던 나는 진료실에서 급히 나와 남자를 응대했다.

나: 왜 그러시죠?
남자: 사람이 말을 하고 있는데 돌아서 가버리잖아요!
나: 무슨 말씀이 하고 싶으셔서 그러시나요?
남자: (자신의 비닐봉지를 가리키며) 이거를 사러 왔는데 밥을 사료라고 하잖아요!

느낌이 너무 싸해서 순간적으로 에끼 화상 또는 에끼 사자인 줄 단박에 알아차렸다.

나: 아이고! 손님! 죄송합니다. 저희가 결례를 범했으면 너그러이 봐주시고 다음에 와주세요!

남자에게 싹싹 빌면서 문대며 비볐다. 내가 문대니까 이쌤도 달려와서 마지못해 사과했다.

이쌤: (얼굴이 붉어지고 난감한 듯 쥐어짜며) 죄송합니다~ 아!

뭐가 죄송한지는 모르지만, 그녀도 무턱대고 사과했다. 더 하고 싶은 말이 남았는데 직원이 뒤돌아서 갔다는 그 남자의 주장에 대해 우린 넙죽 사죄했지만, 카노사의 굴욕(황제가 교황의 권위에 굴복했던 사건) 못지않게 상당히 굴욕적인 항복이었다. 남자는 저자세로 나오는 우리의 반응에 자아도취 되어 마지막으로 이렇게 말하고 떠났다.

남자: 애완동물 밥을 사료라고 할 거면 여기도 동물병원이라고 하면 안 되지!

가축병원이라고 간판을 바꾸란 준엄한 꾸짖음이었다. 순간, 혹시 간판업자의 홍보일까 하는 의심도 살짝 들었다. 그러나 그 남자의 언사는 동물 애호 문화의 어긋난 폐해인 '의인화'였다. 더구나 자신의 언행에 걸맞으려면 '반려동물'이란 단어를 썼어야 어울렸을 것이다. 네 발 달린 개를 장난감처럼 한 손으로 들고 다니기까지 했으니 밥타령과 앞뒤가 맞지 않았다. 근래 들어 애완동물과 반려동물의 개념 정의가 생각보다 현격한데 그 미묘한 온도 차를 모르고 들이대며 모순적으로 행동했다. 꼬집어 말해, 남자는 세상 물정도 모르면서 아는 척하려는 그야말로 '라떼는말야' 전형적인 꼰대로 보였다.

진료실에 있던 보호자 3명은 동시에 웅성거렸다.

보호자 1: 사료를 사료라 하지 그럼 뭐라 해? 진짜 별사람 다 있어요! 하하하!

보호자 2: 그러게 허허!

보호자 3: 우와! 이상한 아저씨닷! 호호!

갑자기-분위기-만담하는(갑분만) 그들은 다행히도 우리 편이었고 무척 든든했다. 우리가 지극히 정상임을 그들이 확인시켜 주었다. 그러나 한 방 제대로 먹은 이쌤은 정신이 아득해져서 허우적거려 부축이 필요할 정도로 비틀댔다. 반면 김쌤은 콧김이 나오도록 씩씩댔다. 나는 불필요하게 호랑나비 춤을 추고 있던 이쌤을 위로했다.

나: 아이고 괜찮아!! 이쌤이 고생했어. 액땜 제대로 했다 치자. 잊어 불자!!

괜찮지 않았는데 또다시 무작정 문대며 쉬쉬했다.

성철 스님은 산은 산이고 물은 물이라 하셨지만, 좋은 게 좋은 거였다. 정말 미안했다.

이쌤: 아~~~~~ 아! 저 사람 뭐예요! 아~~~~ 아!

김쌤: 아아~~ 내가 사료 팔았으면 안 그랬을 거야. 내가 포스가 좀 있잖아.

이 쌤은 울먹이며 억울해했고 김 쌤은 입바른 소리를 못한 것을 못내 아쉬워했다. 사실 나는 남자에게 사과할 때 반대로 이해하고 있었다. 남자가 사료를 달라고 했고 우리가 강아지 밥을 찾는 거냐고 말하여, 그 남자가 무슨 개 사료에 밥 타령이냐고 하는 줄로만 알았다. 그래서 얼른 사과하고 보냈던 것이었다. 정확한 사실은 남자가 나간 뒤 직원들과 대화하며 알게 되었다. 진료 중이라 대충 듣고 곱게 보냈는데, 당시 그 내용을 바로 알았다면 나라도 할 말은 했을 것이다. 결국, 개밥 주는 남자의 발상은 참신하고 신박해서 한동안 입이 안 다물어졌다. 덕분에 나의 잘생긴 얼굴이 스크림 가면처럼 핼쑥해져 추남이 되어버렸다. 이런 몹쓸!

억울해서 분이 안 풀린 이쌤은 돌연 미용실로 들어갔다 나왔다. 또르르 울었는지 눈이 빨개져 있었다. 아이고 안쓰러워라.

나: 잊어버리자. 내가 사과할게.

크리스마스이브 저녁, 남자의 경고는 그렇게 우리 가슴에 비수를 꽂았다. 7시 정각에 마감하고 헤어지는데 멍 때린 이쌤이 선약에 먹기로 했던 소곱창구이에 못 마시는 소주를 마시며 잊어보겠다고 했다. 그러나 남자의 일방적인 충고는 그리 쉽게 지워지지 않을 것 같았다. 하여 남자의 진지한 조언에 따라 내년엔 재즈 가축병원으로 새로 단장하고 대동물진료를 개시하며 건초와 포대 사료를 팔 계획이다. 게다가 투우사 출신 테크니션 쌤들도 충원할 예정이다.

어쨌든 한바탕 웃픈 추억과 신장개업의 영감을 남겨준, 애완동물 완소 '개밥 주는 남자'의 따끔한 성탄절 이브의 경고였다.

가창력 넘사벽 디바, 박미경이 부릅니다
이브의 경고

Daily Life 15

끓는 물을 뒤집어쓴 개

한가한 어느 날, 직원들과 마주 앉아 노가리를 뜯으며 도란도란 이야기꽃을 피우고 있었다. 그러나 얼마 못 가서 대화의 맥을 끊는 전화가 걸려왔다. 일반 병원에는 진료시간과 점심시간 문의 빼고는 전화로 물어볼 것이 거의 없다고 하던데, 동물병원은 시도 때도 없이 많은 문의전화가 걸려온다. 진단과 치료는 질의만으로 결코 해결될 일이 아니기에 전화상의 문의는 대부분 무의미하다.

심지어 "우리 개가 가을 타나 봐요. 요새 밥을 안 먹어요!" 이런 부류의 전화 내용도 흔하다. 제발 이 글을 읽는 반려동물 보호자들은 동물병원에 호기심 섞인 문의전화를 자제해주시면 좋겠다. 김쌤은 자리에서 일어나 수화기를 들었다.

김쌤: 네. 재즈동물병원입니다.

한참을 네! 네! 대답하던 그녀가 큰소리로 외쳤다.

김쌤: 원장님! 끓는 물을 개한테 쏟았는데 등이 빨갛게 올라왔다네요. 그런데 개도 화상을 입느냐는데요? 뭐라고 할까요?

나의 병원엔 이런 말도 안 되는 문의전화가 매일 수십 통이 걸려온다. 전쟁통도 아닌데 정말 빗발친다. 어처구니없는 질문에 나의 뇌는 순간 정지되어 뇌 제세동기를 가동하였고, 10년 전에 끊었던 담배를 다시 피우고 싶은 충동에 휩싸였다. 한숨을 크게 한 번 쉬고는 고심 끝에 조크를 버무려 대답했다.

나: (이애란 빙의) 가끔 동상도 걸린다고 전해라~~!

김쌤은 알아듣게 설명을 해주고 전화를 끊었다. 김 쌤의 얼굴이 안 좋았다. 테크니션 쌤들이 가장 힘들어하는 병원 일이 전화 응대다. 별의별 전화가 다 와서 쌤들을 들들 볶는다. 심지어는 이런 전화까지 받아봤다.

별의별 콜: (남자 목소리) 안락사 얼마요?

김쌤: ***입니다.

별의별 콜: 개 하나 죽이는데 뭐 그리 비싸!! (뚝)

아무튼, 강아지도 화상을 입냐며 문의하던 남자와 통화를 마친 김 쌤에게 나는 넌지시 물었다.

나: (호기심 발동, 기대 반 장난 반) 뭐래?

김쌤: 동물도 화상 생길 수 있다니까 그러냐면서 바로 온다는데요!

나: 진짜 온대?

김쌤: 네. 엄청나게 놀라던데요. 택시 타고 바로 갈게요, 하고 끊었어요.

난 환자가 올 것에 흥분하여 즉시 처치실로 향하여 치료 물품을 준비했다. 라텍스 장갑, 2x2 거즈, 4x4 거즈, 설파디아진 연고, 1kg 백설탕, 포비돈, 안티셀라인(항생제가 포함된 식염수) 등을 나열하며 에끼 이런 화상을 기다리기 시작했다. 그러나 역시나 섣부른 기대는 금물이었다. 살성 좋은 강아지는 오다가 택시 안에서 화상이 금세 다 나았는지 해가 지도록 나타나지 않았다. 마치 전쟁터에 나간 연인을 기다리는 여인의 심정으로 온종일 손님을 기다리고 또 기다렸다. 그러나 그는 결국 오지 않았고, 나는 처치실에서 시나브로 망부석이 되어갔다.

점점 굳어가는 나를 발견한 쌤들이 급히 고무망치를 들고 와서 내 몸을 깨부수기 시작했다. 힘겹게 돌조각들이 떨어져 나갔고, 본의 아니게 나는 껍질을 깨고 나온 '데미안' 수의사로 변모했다. 길고 모질었던 진료 대기는 별 수확 없이 그렇게 지나갔다. 그러나 노쇼 화상님이 종일 기다리던 나에게 이런 깨우침을 주었기 때문에 허무한 하루는 결코 아니었다.

기대가 큰 만큼 실망도 그만큼 크다는 점.

어설픈 기대는 내려놓아야 현명하다는 것.

뜻밖의 선물은 언제나 더 값진 법.

나윤권이 부릅니다
기대

Daily Life 16

못 받은 진료비

무려 2003년도 일이다. 벌써 18년 전이라니.

나는 경력 2년 차 새내기로 진료 매니지먼트와 임상 실력을 키우느라 정신없이 보내던 해였다. 허나 당시는 개업이란 뚜렷한 목표가 있지 않았고 그저 막연한 미래를 걱정하며 하루하루 버티던 힘든 나날들이었다. 그래도 그땐 젊었기에 패기가 넘쳤다. 하나하나 배우는 진료 케이스가 피가 되고 살이 되는 경험이었고 질환을 섭렵해 가는 공부는 쏠쏠한 재미가 있었다.

**광역시의 소위 잘 나가는 동물병원에서 일할 때였다.

코카 스파니엘 두 마리를 키우는 남자 손님이 있었다. 상당한 VIP 고객이었고 따박따박 내원하여 접종 및 치료, 미용 등을 안 놓치고 잘하셨던 분이었다. 내가 오기 전부터 쭉 다녔던 단골손님이었는지 원장님과 안면이 있는 듯했고, 늘 강아지들을 맡기고 바쁘게 나가며 “원장님! 아시죠!”라고 말하곤 했다. 그 코카 들은 고질적인 피부병을 달고 살아서 오랜 기간 피부 치료를 받아야 했다. 그런데 덜컥 문제가 생겼다. 언젠가부터 그 손님이 강아지들을 찾아가면서 자꾸 외상을 하기 시작했다.

“다음에 줄게요. 원장님한테 전해주세요!” 하면서 허락도 없이 쓱 나갔다. 한두 번 우린 그렇게 그를 방치했고, 그분 역시 아무 일 없다는 듯 자신의 강아지들을 맡기고 사라졌다. 그러던 어느 날, 원장님이 단단히 벼르면서 말씀하셨다.

원장님: 이번엔 무슨 일이 있어도 미수금 정산해야 해.

심기일전 분기탱천 철저한 마음의 준비를 우리에게 주문하셨다.

직원들: 네! 알겠습니다.

몇 시간 후 강아지들을 찾으러 온 그 코카 보호자는 또다시 외상을 시도했다.

외상남: 다음에는 꼭 갖다 드릴게요.

테크니션 쌤 1: 안 됩니다. 지난번에도 그냥 가셨잖아요.

외상남: 저 못 믿어요? 원장님 어디 계셔요?

못 미더운 남자는 엑스레이 실에 숨어있었던 원장님을 급히 찾았다. 내가 원장님에게 손짓하자 원장님은 손사래를 치며 입 모양으로 "없다"는 시늉을 하였다.

나: 지금 안 계시구요. 원장님이 더 이상 미수금 없게 하라고 했어요!

외상남: 내가 원장님하고 알고 지낸 지가 몇 년인데 좀 서운하려고 그러네! 참.

뭐지? 흐르는 강물을 거꾸로 거슬러 오르는 한 마리의 빠가사리는? 서운한 건 나였다. 아니 원장님이었고 우리였다. 진료를 받았는데 뻔뻔하게 왜 비용을 안 내는지 나는 의아했다.

테크니션 쌤 2: 내고 가셔야 합니다.

여자들이 많이 쳐다보고 있어 부끄러웠는지 남자는 주머니를 주섬주섬 뒤졌다. 그리곤 만 원짜리 몇 장을 데스크에 올렸다.

외상남: 일단 이거 받고 다음에 정산할게요.

남자는 그렇게 후다닥 빠져나갔다. 우린 미처 그를 잡지 못했고, 잡아도 뾰족한 수가 없었다. 동물병원은 사정을 다 봐줘야 하는 곳인가? 남자의 이해하지 못할 행동에 나는 우울했다.

어느새 스리슬쩍 나오신 원장님!

원장님: 저 양반 못 쓰겠네! 안 그랬는데 왜 저러지? 미수금 그런 거 없었는데 짜증이다. 담엔 내가 직접 받을게.

외상값에 무척 민감한 원장님이었다. 물론 당연히 받아야 했던 돈이었다. 그렇게 몇 주가 지났고, 또다시 그 외상남이 내원했다. 늘 똑같이 미용, 접종. 치료, 용품을 주문했다. 그리고 아무 일 없다는 듯이 말했다.

외상남: 좀 있다 올게요. 잘 좀 부탁해요. 아시죠?

귀가 가렵지도 않은 철면피 같았다. 원장님에게 그 남자의 귀환을 귀띔했다. 나의 고자질을 들은 원장님은 야심차게 눈을 반짝였고, 회심의 미소를 지으며 말했다.

원장님: 오늘은 꼭 받아내자!

나와 굳은 다짐을 약속하며 갑분싸 크로스를 원하셨다. 난 마지못해 손을 내밀었다. 손바닥은 겹쳐졌고 그렇게 "파이팅! 쩐아자아자 크로스!"를 함께 외쳤다. 몇 시간이 흐른 후, 외상남이 강아지들을 찾으러 왔다. 전 직원이 데스크에서 그를 맞았다. 물론 원장님도 함께해서 무척 든든함을 느꼈다.

외상남: 아이고, 원장님. 오랜만입니다. 지난번 안 계시더니만요.
원장님: 네. 이야기는 들었습니다. 흠흠.
외상남: 제가 요즘 가게가 힘들어서요. 외상을 다 했네요. 죄송합니다.

원장 앞이라 이실직고를 해댔다. 역시 오너가 최고구나 생각했다.

원장님: 그래도 미수금은 좀 아니지 않을까요? 오늘 싹 정산합시다.
외상남: 좀 봐주세요. 원장님! 너무 장사가 안돼요. 불경기인지 너무 힘드네요.

장사와 외상이 무슨 상관일까? 자신이 장사가 안돼서 미수금을 깔면 우리도 돈을 못 받아서 장사가 안되는 상황 아닌가. 어찌하여 진료비는 늘어가는데 자꾸 오는 것일까, 의문이었다.

원장님: 그래도 일부라도 계산하고 그래야 우리도 면이 서죠. 그냥 가버리면 우리가 뭐가 되겠습니까?

외상남: 오죽하면 제가 그러겠습니까? 저 아시잖아요? 어떻게 했는지?

나는 그 보호자가 몇 년을 댕겼는지, 얼마나 대단한지는 잘 몰랐다.

원장님: ··········그래도 그게 아닌데.

남자의 경기불황에 원장님은 코가 쑥 빠져 대답하지 못했다. 심지어 코가 길어진 원장님은 남자의 딱한 사정을 듣고는 감화되어 미수금을 모월 모일까지 정산하기로 약속하고 한 푼도 받지 못한 채 그자를 풀어주었다. 인질은 그렇게 쉽사리 풀려났다. 나는 이해하지 못했지만, 그 손님과 원장님의 돈독한 유대관계는 존중해야 했다. 그러나 보호자는 차일피일 오히려 외상값을 적립하며 약속을 저버렸다. 시나브로 20만 원어치 진료를 보면 10만 원을 내고 가는 식으로 반복된 미수금이 100만 원이 넘었다. 한방에 갚을 수 없는 거액의 돈이 되어버렸다.

나: 원장님 이건 먹튀일 거 같은데요. 안 갚고 딱 안 올 거 같아요.

원장님: 뺀질뺀질 낸다 낸다 하면서 사람을 힘들게 하네. 근데 또 오는 걸 막을 수도 없고. 닦달해도 태평하니 나도 별수 없네. 와야지 받아내니 야멸차게 할 수도 없고, 이거 진상인데.

그렇게 골치 아픈 외상값은 정리가 안 된 채 몇 달을 끌었다. 적반하장 손님의 교묘한 인질극에 원장님은 스톡홀름 증후군(가해자에게 연민을 느끼는 피해자의 심리 현상)에 걸려 질질 끌려다녔다. 그러던 어느 날, 하루는 원장님이 외래진료가 많아 기분이 좋으셨는지 싱글벙글하시며 직원들에게 제안했다.

원장님: 하하하! 오랜만에 회식 한번 할까?

모두: (들떠서) 좋죠!!

공짜 밥은 언제나 대환영이고 공짜 술은 자다가도 나와서 먹어야 인지상정 아닌가. 밀려든 진료를 다 마친 우리는 원장님을 따라서 근사한 식당으로 따라 들어갔다. 1차는 횟집을 찾아갔다. *만 원짜리 1인 정식으로 깔끔하게 밥과 술을 전투적으로 먹고 서둘러 판이 정리되었다.

원장님: 2차 가야지? 아쉽잖아. 한 잔 더 하자.

반강제, 반회유로 명령하셨다. 원장님 말씀은 곧 법이었던 시절이라 아무도 딴지를 못 걸었다. 그렇게 7명이 원장님을 따라 어디론가 끌려갔다. 아니 동행했다고 해두자. 원장님은 한참을 걸어 어느 건물 지하로 들어가셨고 우리도 줄줄이 사탕으로 무한의 계단을 마구 내려갔다.

원장님: 먹고 싶은 만큼 다 먹어. 오늘 기분 울트라캡숑짱이다!
나: (개신나서) 네~ 원장님!
원장님: 정선생! 조니 워커 블루라벨 마실래? 시켜줄까?
나: (개뽕가서) 그거 달달하죠. 허허허!

왜 이러시지? 원장님이 무슨 일일까? 잠시 걱정스러웠으나 우선 마냥 들떠있었다. 조니 워커도 물론 JMT 맛있었다. 그렇게 2시간쯤 미친 듯 마셨더니 진이 다 빠졌다. 너무 늦은 야밤이라 서둘러 자리를 정리하고 인원들은 뚜벅뚜벅 천국의 계단을 올라갔다. 원장님은 총평을 해야 하니 위에서 기다리라고 부탁하셨다. 다들 올려보내고 원장님의 대학 후배였던 나는 그를 보필하기 위해 마지막까지 옆을 지켰다. 예전부터 나는 싸바싸바를 여간 잘했다. 술값이 얼마큼 나왔나 궁금하기도 했고, 너무 많이 나온 건 아닌지 남의 돈이었지만 살짝 걱정도 되었다.

원장님 : 재밌었냐? 오늘?

나: 네. 덕분에 신나게 놀았습니다. 다들 기분 좋았나 봐요. 하하! 너무 많이 나온 건 아니에요?

원장님: 걱정하지 마라! 괜찮다! 양주도 별로 안 마셔서 싸게 묵었다.

나: 네~에!

우리는 온갖 술병과 안주로 너저분한 방을 빠져나와 입구의 계산대로 향했다.

원장님: 얼마나 나왔나?

술집 직원에게 반말을 찍찍하셨다. 그조차 경외로웠다. 말끔한 웨이터는 고개를 숙이며 허술하기 짝이 없는 간이영수증에 볼펜으로 뭐 적을 것도 없는데 잔뜩 전문적으로 막 적더니만 매우 진지하게 계산기를 손가락으로 타다닥 리드미컬하게 누르고선 대답했다.

직원: 오늘 다해서 98만 원 나오셨습니다!

돈에 존칭을 잘도 썼다. 하긴 돈이 상전이긴 했다. 상당한 금액의 술값이었다. 당시 내 월급이 단 2시간짜리 회식비라니 허탈함에 순간 비참하기까지 했다.

원장님: 얼마 안 나왔네.

눈 하나 꿈쩍 않는 원장님은 상남자였고 세상을 호령하는 듯했다.

직원: 카드? 현금? 뭐로 계산해드릴까요? 현금은 십 프로 할인 들어갑니다. 하하!

그러나 엄청난 반전이 나를 기다리고 있었다.
큰 그림은 진작에 그려져 있었다.

원장님: 음……. 가만 있자. 사장님 계시죠? 사장님이랑 이야기할게요.
직원: 네. 일단 알겠습니다.

직원은 급히 사장을 호출했고, 그는 잠시 후 계산대로 달려왔다.

원장님: (반색하며) 아이고! 코카스 보호자님! 현대적인 동물병원 원장입니다.

사장: (깜놀하며) 아이고! 반갑습니다. 원장님이 여기까지 무슨 일이세요?

원장님: 아하! 오늘 간만에 우리 병원 회식 있어서 2차로 들렀습니다. 하하!

사장: 아이고! 그러셨구나, 잘 오셨네요. 즐겁게 노셨어요? 저희가 조금 누추하죠? 인테리어 다시 해야 하는데. 그때 또 한 번 놀러오세요.

원장님 : 아이고! 덕분에 기분 좋게 놀고 갑니다.

사장님 : 아이고! 이럴 줄 알았으면 써비스 좀 빠방하게 넣어드릴 것을.

그는 친분 있는 고객에게 예의상 드립으로 아쉬움을 표했다. 물장사가 체질인지 영업을 잘했다. 분명 배울 점이 있는 사장이었다.

원장님: 아이고! 아닙니다. 실컷 놀다 갑니다. 하하하!!

사장: 아이고! 감사합니다. 다음에도 들려주세요.

'아이고'라임 대결도 아닌데 서로 주거니 받거니 남발해가며 화기애애했다. 밤이 늦어서 집으로, I go 하긴 해야 했다. 거기까지 분위기 완전 좋았는데 원장님은 준비된 찬물을 기어코 사장에게 끼얹었다.

원장님: 오늘 우리가 먹은 술값이 98만 원 나왔다네요. 지금껏 밀린 병원 미수금으로 퉁칠라고 겸사겸사 와 부렀네요. 품앗이도 해드릴 겸 해서.

사장: (완전 당황)……. 네???

원장님이 날린 찬물을 뒤집어쓴 사장은 얼굴이 땡땡 얼어 버렸고 몸땡이는 바들바들 떨렸다. 그러나 그도 뜻밖의 굴욕을 모면하려고 다시 정신을 수습하여 태연하게 대꾸했다. 속으로 열불이 났겠지만.

사장: (비굴하게) 네에……… 아이고, 갚았어야 했는데 죄송합니다. 면목이 없습니다. 술값으로라도 정리했으니 다행이네요. 이젠 외상

없는 겁니다. 그럼?

원장님: 깔끔하게 퉁쳤네요. 덕분에 잘 놀았습니다. 너무 서운해 마시고 다음에 또 애들 데리고 오세요! 신경 써서 잘해드릴게요.

누가 노래방 사장이고 누가 원장인지 나는 무지 헷갈렸다. 둘 다 여간 영업을 잘했다.

사장: (어색한 미소를 지으며) 네, 알겠습니다.

우리가 물러가고 술집 사장, 외상남은 무지하게 짜증 내며 이를 드륵드륵 갈았을 것이다. 기껏 받은 손님이 허탕이었다니. 그 사장도 그제서야 미수금이 깔린 우리 심정을 이해했을까? 그러나 원장님의 통쾌한 한 방은 참으로 멋져부렀다. 어깨깡패가 되신 원장님은 영광의 계단을 오르면서 나에게 물었다.

원장님: 나 오늘 어땠냐?

나: (두 손으로 손가락 총을 쏘며) 원장님 환상적입니다요. 아주 속이 다 시원합니다요. 하하하하!

원장님: (윙크 하며) 나를 물로 보면 안 돼! 어디서 감히!

엄중했고 강단 있었다. 그 순간만큼은 존잘남이었다. 배가 상당히 나왔지만, 원빈 못지않았다. 굴욕을 맛본 그 손님은 그 후 동물병원에 몇 차례 다시 오긴 했는데 흐지부지하며 점점 내원하지 않았다.

골치 아픈 미수금 일망타진은 대성공이었다. 원장님의 탁월한 예측은 빗나가지 않았고 과감한 손절은 시기적절했다. 아니다 싶으면 질질 끌려다니지 말고 얼른 미련을 버리는 게 진리라는 걸 그때 배웠다. 못 받은 외상금을 술값으로 퉁친 현실이 조금 눈물겨웠지만 참으로 값진 경험이고 신나는 에피소드였다.

오늘따라 달달한 조니 워커 블루 라벨이 무척 땡긴다.

박군이 부릅니다
한잔해

연이어 드렁큰타이거가 부릅니다
발라버려

Daily Life 17

족보 세트

어느 금요일 낮, 초로의 할아버지가 동물병원에 들어왔다. 애견 간식을 사러 온 손님이었다. 개 용품을 사러 오는 노인이라니 불과 10년 전엔 상상도 못 했던 광경이었다. 할아버진 간식을 다 고른 후 데스크로 다가와 여자 직원들에게 대뜸 물었다.

그랜드파더: 여기에 우리 몽실이 족보 있나?

서른도 안 된 직원들은 족구하는 소리는 알아도 족보가 무슨 말인지 몰랐다.

김쌤: 네? 족… 뭐라구요?

그러자 할아버지는 다짜고짜 화를 내며,

그랜드파더: 족보!!! 족보도 몰라?? 이거 참!!

이쌤: 족보? 족보가 뭔데요?

그랜드파더: 흐흠………………

말이 안 통해 답답함을 느낀 구한말 할아버지는 말없이 뒤돌아서 나갔다. 우린 족보도 없는 동물병원이었다. 요즘 젊은 사람들은 집안 내력이 적힌 족보보다는 족발+보쌈 세트에 더 친숙하리란 걸 할아버지는 알 턱이 없었다.

족보 할아버지는 몽실이의 진료기록 또는 차트가 있는지 물었던 것 같다.

긱스가 부릅니다
답답해

3장

"동물이 행복하지 않은 나라에서
사람도 행복할 수 없다"

이효리

Daily Life 18

뜻밖의 복병

1.5kg쯤 되는 요크셔테리어를 그야말로 신줏단지 모시듯이 아꼈던 자매가 있었다. 사랑이 넘쳐흘러서, 진료 보러 오면 강아지에 대한 주도권을 쟁취하려고 두 여자가 아옹다옹하며 실로 볼 만했다. 임상 증상에 대한 히스토리(병력)를 털어놓을 때, 서로의 주장이 달랐고 늘 진실 공방을 하며 만담하듯이 티격태격했다. 그러나 강아지를 끔찍하게 아끼는 모습은 보기 좋았다. 늘 언니보다 동생이 더 적극적이어서 리드하는 쪽에 속했다. 그러나 계산은 늘 n분의 1로 했던 아무튼 복잡한 여자들이었다.

내가 건넨 애견수첩을 굳이 마다하고 자신들의 다이어리를 만들어서 예쁘게 꾸미고 접종 기록을 세밀하게 적었다. 접종 스티커도 고이고이 붙이며 수첩에 꽃단장을 했다. 또한, 강아지가 아파서 내원하면 그 증상을 정확하고 면밀하게 기록하고 치료 내용과 투약 비용을 장황하게 적었다. 그 모습은 마치 조선왕조실록에 버금가는 듯했고, 나중에 세계기록유산에 등재될 만한 오밀조밀함이었다.

심지어 상품화된 사료는 불안하다며 직접 홈메이드로 음식을 해주었고, 어디에 좋다는 영양제도 꼼꼼히 선별해서 공급했다. 급기야 심장사상충 예방약의 부작용을 나에게 상담했고 스스로 인터넷 검색을 통해 온갖 접종과 구충제의 유독성을 연구하기 시작했다. 그야말로 그들의 동물사랑은 이상한 방향으로 진입하며, 점입가경 근자감 넘치는 동물 전문가가 되어가고 있었다. 결국, 그들은 수의사의 말을 거의 신뢰하지 않는 지경에 이르렀다.

질병 치료를 하면 무슨 주사를 맞히느냐, 어떤 성분이냐, 꼬치꼬치 닭꼬치마냥 물어댔다. 보호자의 알 권리를 보장해야 했기에 나는 어느 정도 대답을 해주며 그녀들의 궁금증에 부응했다.

나: 아주 좋은 약이지요. 기가 막히게 좋은 성분이 들어있답니다. 걱정은 걱정 인형에게 맡기시고 저를 한번 믿어주십시오!

최선을 다해 친절히 답하며 그들을 안심시켰지만, 보호자들의 지적 호기심에는 한참 부족해 보였다. 나는 점점 그들이 부담되었고 불신과 의심에 너무도 지쳐갔다. 심지어 박카스 자양강장제를 5병씩 원샷해도 피곤이 가시지 않았다. 하여 먹은 날과 안 먹은 날이 그렇게 차이가 있다는 아로나민 골드가 절실했다. 기초접종이 끝나고 자견의 시기가 지나가자 그 자매의 내방이 뜸해졌고 덕분에 나는 점차 건강을 회복하기 시작했다.

그러던 어느 날, 전화가 한 통 걸려왔다. 하필 직원들은 아무도 없었고, 하릴없이 책만 읽고 있던 간서치(책바보) 원장이 전화를 받았다.

나: 네! 재즈 동물병원입니다.

언제나 밝은 미소와 친절함을 잃지 않는 원장의 전화 응대는 여전히 영롱하게 빛이 났다.

학구파 보호자: 네. 안녕하세요, 뭉치 보호자예요.
나: 아이고 보호자님, 간만이시네요. 잘 지내셨죠?

늘 뭉치에 대한 주도권을 놓지 않았던 동생의 목소리였다.

학구파 보호자: 네. 저는 잘 지내죠. 근데 뭉치가요.

나: 왜? 어디 아파요?

학구파 보호자: 선생님, 제 이야기를 한번 들어보세요.

나: 네네. 얼마든지 들어드리죠. 뭐 돈이 드는 것도 아니고 남는 게 시간인 양반이니 기탄없이 말씀해보세요.

나는 여지를 남겨주며 귀를 열어줬고 그녀의 말문을 오픈해줬다. 그러나 그건 나의 지독한 패착이었다.

학구파 보호자: 뭉치가요, 사료를 안 먹잖아요.

나: 아직도 그런가요? 맛난 사료를 먹여보시지….

나는 쓸데없이 무의미한 조언을 아끼지 않았다. 집에서 전부 만들어서 주는 사람들이었기 때문이었다. 세상을 믿지 못했고 검증된 약을 의심했다. 결국, 하루종일 돌다리를 두들기기만 하는 사람들이었다.

학구파 보호자: 까다롭잖아요. 호호. 그래서 일일이 만들어 주고 있거든요.

사랑받는 뭉치가 부러웠다.

또한, 보호자들의 지극정성에 탄복했다.

나: 네. 그래도 정성을 들이시니까 나쁘지는 않네요.

학구파 보호자: 네. 고맙습니다. 그래서 물어볼 게 있어서 전화드렸어요.

나: 네. 무슨 일로?

나는 뭉치의 식단 레시피를 알고 싶지 않았지만 뜻밖에 듣게 되었다. 내가 어제 먹은 음식이 무언지도 기억조차 안 나는데.

학구파 보호자: 그러니까 오늘이 목요일이니까 지난주 금요일 아침에 뭉치한테 토마토칠면조 리조또를 해줬거든요. 헝가리산 칠면조 가슴살에 현미, 토마토, 애호박, 당근, 파프리카, 가지, 시금치 넣어서요. 그리고 점심에는 양고기 크림스튜를 해줬어요. 호주산 양고기, 미국산 아마씨유, 국내산 락토프리 저지방우유, 당근, 가지, 파프리카, 쌀가루로요. 저녁엔요, 토마토 소고기를 해줬지요. 뉴질랜드산 소고기, 국내산 토마토, 당근, 가지, 파프리카. 브로콜리를 넣어서 맛있게요.

나: 네네.

나는 그녀의 자초지종을 듣기 시작했다. 무엇을 토로하고 싶은 것일까 자못 궁금했다.

학구파 보호자: 토요일 아침으로는 소고기 스테이크를 요리했어요. 뉴질랜드산 소고기, 국내산 당근, 파프리카, 락토프리 저지방 우유, 미국산 캐롭파우더, 아마씨유를 듬뿍 넣었지요. 점심은 고구마 닭 요리를 했어요. 닭가슴살, 닭염통, 고구마, 완두콩, 쥬키니, 아마씨로 만들어봤어요. 저녁밥은 오리 화식을 시도했죠. 오리안심, 꽁치, 안남미, 고구마. 당근. 단호박, 사과, 올리브오일로 만들어봤어요.

나: 아! 네~에.

나는 건성으로 대답하기 시작했다. 갑자기 집에 가고 싶어져 개아련했고 야외휴게실로 좇아가서 통사정하며 직원들을 얼른 픽업하고 싶었다.

학구파 보호자: 일요일 아침에는요. 강황 오리라는 걸 만들어봤어요. 오리 안심, 소간, 닭염통,꽁치, 안남미, 고구마. 강황, 계란, 양배추, 당근이 들어가더군요. 점심은 간만에 양고기 화식을 만들었어요. 양어깨살, 양간, 현미, 단호박, 브로콜리, 컬리플라워, 무, 배추,

멸치로 금방 만들어줬죠. 뭉치가 맛있게 먹었어요. 저녁요리는 닭고기를 이용했어요. 국내산 닭가슴살, 코코넛오일, 브로컬리, 양배추, 당근, 단호박, 마누카꿀이 필요했어요.

나는 지루함을 넘어 급 피곤을 느끼며 호흡곤란을 호소했고, 머리는 지끈거려 데스크 서랍을 신경질적으로 열어 타이레놀을 급히 찾았다. 누가 그 많던 두통약을 다 먹었나? 휑한 서랍에는 직원들이 지들만 몰래 먹던 천하장사 소세지만 힘없이 나뒹굴었다. 그러나 썰부자 뭉치맘의 메뉴 자랑은 계속되었다.

학구파보호자: 화요일 아침에는요. 고구마닭을 또 해줬어요. 메뉴가 한바퀴 돌았어요. 닭가슴살, 닭염통, 고구마, 완두콩, 쥬키니, 아마씨을 넣었지요.

점심으론 닭고기 @##%%&

저녁밥은 오리고기 &^%$#@

나: …………

아아! 말로 사람을 이리도 폭행할 수 있단 말인가! 나는 전치 14주 진단을 받고도 남을 정도로 내상이 깊었고 힘없이 개다리

춤을 췄다. 아로나민 골드를 반드시 구입해서 잡숴봐야겠다고 명심에 다짐에 약속을 하였다. 지겨움에 몸서리친 나는 수화기를 책상에 내리고 더 이상 듣지 않았다. 망연자실 아무도 없는 대기실 의자를 응시하며 25년 전 우황청심환을 먹고 해롱해롱해져 개망쳤던 수능 1교시 언어영역 듣기평가가 떠올랐다. 그 순간 왜 하필 기억하고 싶지 않던 흑역사가 소환되었던 것일까? 수능을 망치고 분노의 도로를 매드맥스처럼 슬프게 내달렸던 눈물의 달음박질이 어렴풋이 생각났다.

그렇게 착각의 늪에서 허우적대다가 정신을 번뜩 차리고는 코 박고 엎드려있던 수화기를 들어 귀에 슬그머니 대어보았다.

학구파 보호자: 수요일 저녁은요. 토마토칠면조 리조토를 해줬거든요. 헝가리 칠면조, 가슴살. 현미, 토마토, 애호박, 당근, 파프리카, 가지, 시금치를 듬뿍 넣어줬죠.

메뉴 자랑은 계속되고 있었다. 장황한 이빨은 매우 튼튼해서 지치지 않는 2.5 터보엔진을 달았는지 네버엔딩스토리는 풀엑셀을 밟아댔다.

나: 네네…………

수요일 밥 자랑이었다. 아직도 목요일이 되려면 멀었구나! 아아!! 제발!!! 나는 예의상 단말마의 대답을 하며 듣고 있다는 점을 그녀에게 전달했다.

학구파 보호자: 목요일 아침은요….. 점심은요…… 아무튼, 이렇게 맛있게 만들어줬는데 잘 먹었거든요. 근데 뭉치가 갑자기 설사를 해욧!! 왜 그럴까요??

현타(현실 자각 타임)가 제대로 왔다.

나: ………………… 허걱…

아으……!!! 25년전 먹었던 우황청심환!!! 할 말을 잃은 나는 죄 없는 가정상비약을 저주했다.

나: 그랬군요. 한번 데려오세요. 마지막에 먹은 게 잘못된 건지도 모르구요. 봐야 알겠네요.

학구파보호자: 네? 제가 잘못한 걸까요??

그녀는 식품영양학과 학사에, 원인을 연구하는 병리학 석사 전공에, 통신커뮤케이션학과 박사를 전공한 재원일까. 나는 보호자의 가방끈 길이를 녹슨 줄자로 가늠해보고 싶었다. 도대체 무엇을 알고 싶은 것이고, 어떤 것을 해주고 싶은 보호자일까. 나는 그녀의 정체를 알고 싶었다. 자신의 잘잘못을 따지며 훗날을 도모하자는 것일까?

나: 다른 원인일 수도 있으니 내원해주세요. 치료가 중요하잖아요.

학구파보호자: 어떤 음식이 안 맞는 걸까요? 무슨 재료가 잘못된 걸까요?

나: 전화로는 잘 모르겠네요. 진료를 봐보세요. 잘못을 알기보다는 설사를 멈추는 게 중요하지 않겠습니까?

학구파보호자: 네. 잘 알겠습니다.

뚝…………………전화가 끊겼다.

이 땅 어떤 수의사라도 예측할 수 있듯이 그녀는 결코 오지 않았다.

전화기를 내려놓은 후, 15년간 끊었던 담배가 너무 땡겼고 전화기를 박살 내고 싶은 심정이 주체가 안 됐다. 그러나 내 자비로 또 전화기를 장만해야 했기에 허튼 망나니짓은 삼가야 했다. 무엇으로 이 스트레스가 풀릴지 고심하며 비좁은 병원을 배회했다.

자매는 점점 내원이 시큰둥해지더니 1년에 1~2회 내원했고, 언젠가부터 아예 오지 않았다. 민간요법에 흠뻑 빠진 건지, 내가 마음에 안 든 것인지, 완전 친절하고 더 잘생긴 원장을 찾아간 것인지 알 수 없었다. 전화 20끼 메뉴 썰에 좀 더 리액션을 해줄 걸 그랬나 내심 후회가 되었다. 나는 아직 멀었나 보다. 진정한 구도자의 길은 멀고도 먼 것이구나!

임정희가 부릅니다
진짜일 리 없어

Daily Life 19

이누야사(いぬ夜事)

'이누'라는 10kg 암컷 슈나우저를 키우던 열혈 여성 보호자가 있었다. 14년 전쯤 고맙게도 내 누추한 병원을 열심히 다녔던 견주였다. '홈메이드 메뉴 썰 부자' 뭉치맘 못지않게 튼튼한 치아와 유순한 애정이 흘러넘치는, 고상한 골드미스였다. 예방의학에도 충실했던 주인이었는데 아이가 조금만 아파도 전전긍긍하며 최선을 다했다. 정말 이누를 자식처럼 아꼈던 보호자였다. 이누는 슈나우저 견종 특성상 외이염, 등 농피증, 잦은 결석 등의 고질병이 상당했다.

그건 그렇고, 나는 결혼하고 2년 되었을 때 아내가 첫째를 임신했고 동시에 덜컥 개업했다. 그게 16년 전이다. 1억 원 빚을 내서 병원 보증금을 내고 남은 돈으로 어설픈 인테리어를 했다. 비상금 1천만 원으로 전국 팔도를 뒤지며 중고 장비를 사러 다녔다. 덕분에 수중에 가진 돈은 거의 없어졌고 20평 아파트 전세 보증금 6천만 원이 전부였다.(인턴 할 때 월급 100만 원을 거의 안 쓰고 3년간 모은 돈 3천과 가족한테 빌린 돈 3천) 심지어 아내가 처녀 시절 타고 다니던 승용차가 우리의 패밀리카였다. 나는 정말 빈털터리였다. 가진 거라곤 오로지 조각 같은 얼굴과 우락부락한 몸뚱아리뿐이었다.

다시 돌이켜봐도 위태로운 신혼생활과 갑자기 저질렀던 섣부른 개원이었다. 개원 초기 태교 겸 일손을 도우려 아내도 동물병원에 출근하곤 했다. 사랑하는 사람이 옆에 있으니 의기양양했다. 경제적으로 힘들었지만, 아내는 늘 든든한 버팀목이 되어주었다. 내원하는 고객들도 우리의 부부애를 칭찬했고 매출에도 지대한 영향을 주었다. 아내는 정성껏 찌개와 밑반찬을 준비해서 11시쯤 출근했고 병원에 있는 전기밥솥에 밥을 해서 직원과 함께 오순도순 점심을 먹었다.

나는 아내에게 핑크색 롱가운을 맞춰주었고 백쌤이라고 호칭했다. 그녀는 접수와 용품 판매뿐만 아니라 진료와 수술 보조도 해주었다. 배불뚝이였지만 군말 없이 각종 수술까지 어시스트를 해주었다. 좋은 것만 보아야 할 태교 시기에 내가 참 못할 짓을 많이도 시켰다. 만삭이 될 때까지 병원을 같이 지켜준 아내는 너무도 듬직한 직원이었다. 정말로 그녀는 나의 영원한 멘토이자 평생의 친구이다. 무엇을 해줘도 아깝지가 않은 굳건한 참스승이다.

개원 초기에 애견미용사 한 명과 아내와 함께 나는 근근이 병원을 이끌어갔다. 당시 나는 임상 실력도 부족하고 자신감도 별로였던 징하게 소심한 원장이었다. 수술 예약이 잡히면 전날 잠을 설쳤고, 내 진단을 내가 못 미더워했다. 기껏 3년 정도 어깨너머 배운 임상 경험이었으니 진료 수준은 턱없이 부족할 수밖에 없었고 자존감도 그리 높지 못했다.

당시 근무했던 애견미용사들은 동물병원 운영에 많은 도움을 주었다. 선한 미용사들은 청소뿐만 아니라 진료 보조까지 궂은 일을 마다치 않고 도와주었다. 늘 그들의 노고를 잊지 않으려 초심을 지키며 살고자 다짐을 하곤 한다.

하여튼 1인 병원의 고충은 이만저만이 아니었다. 하루 벌어 하루 먹고 사는 형편이었지만 그렇다고 별로 부끄러워하지 않았다. 오히려 당당하고 자랑스러웠다. 물질적 부유함과 세속적 성공만이 좋은 인생은 아님을 알기에 정신적 풍요에 나는 더 가치를 두는 편이기 때문이다.(좋게 포장하기 선수?)

말이 삼천포로 빠졌다. 대부분 보호자들의 경우, 애견미용을 맡기면 통상 미용사 퇴근 시간인 오후 6시 전에는 강아지를 찾으러 왔다. 혹시 사정이 생겨 늦으면 7시 이내에 데려가는 것이 보통이었다. 예의는 지키라고 있는 것이니 서로의 안배는 있어야 순조로웠다.

그날, 슈나우저 이누 보호자는 점심시간이 지나서 미용을 맡기고 갔고, 2시간 뒤 강아지를 찾으러 오겠다고 약속했다. 미용사는 이누를 아주 예쁘장하게 전신미용을 해주었다. 꽃단장한 강아지는 집에 갈 시간만 손꼽아 기다리고 있었다. 그러나 시간이 한참 지나 미용사의 퇴근이 임박한 5시 반이 되어도 주인은 이누를 찾으러 오지 않았다. 미용사는 다급히 주인에게 전화를 걸었다. 다행히도 통화가 되어 곧 데리러 온다고 했다. 만삭인 아내는 하우스코너, 그러니까 집구석에 일찍 들어가서 쉬라고 오후 5시경 퇴근시킨 상태였고, 결국 미용사는 이누를 나에게 일임하며 6시 정각에 칼퇴근 해버렸다. 마침내, 1인 병원답게 정말로 원장 혼자만 덩그러니 남겨졌다. 나는 진료가 없으면 보통 책을 보거나 음악을 들으며 시간을 보냈다. 그렇게 어영부영하다 보니 어느덧 7시가 되어 있었고 해는 뉘엿뉘엿 져서 캄캄한 야밤이 찾아왔다.

이누는 집으로 돌아가지 못해 아우성을 쳤고 그 소음에 김광석 노래에 정신 팔렸던 나는 깜놀하여 보호자에게 전화를 걸었다. 그토록 애지중지하는데 왜 안 데려가는지 의문이 먹구름처럼 몰려왔다. 그러나 그녀와의 통화는 남북정상회담처럼 쉽사리 성사되지 못했고 애간장만 태웠다. 그렇게 나는 마냥 기다리기 시작했다. 오겠지, 오겠지. 긍정의 썩소를 지으며 보호자에게 전화를 계속 걸어댔다. 그러나 통화는 연결되지 않았고, 걸려 오지도 않았다. 혹시나 해서 내 휴대전화로도 걸어봤지만 헛수고였다.

7시 반이 지나가니 슬슬 불안한 느낌이 빡 들어서 전화를 쉴 새 없이 걸었다. 그러나 견주는 전화를 받지 않았고 나는 애태우며 발만 동동 굴렀다. 이건 뭐지? 하도 전화를 많이 걸다 보니 이젠 전화번호를 외워서 손가락이 본능적으로 움직였다. 덕분에 전화기는 불이 날 지경이었고 졸지에 냉동실에 있던 아이스팩을 가져다가 전자제품에 찜질팩을 해주는 촌극을 벌였다.

전화를 30통 정도 걸었나 모르겠다. 꼭지가 돌아버릴 심정이었다. 참을성이 한계에 다다랐다. 통화가 성공되어 사정을 듣기라도 했으면 아무 문제도 없었을 텐데 부재중 음성사서함 빼꾸기만 수차례 날리고 있으니 답답하고 한심해서 화가 머리끝까지 났다.

퇴근 시간인 8시가 되었다. 설마 8시엔 오겠지 하며 내심 기대했다. 강아지는 졸지에 고아가 된 듯 연신 울부짖었다. 이토록 사랑하는 강아지를 왜 안 데려가는 것이란 말인가! 10분, 20분이 지나도 아무도 들어오지 않았다. 이누를 그냥 두고 퇴근을 할 수 없었다. 분명 오늘이 지나기 전에 오긴 올 것이고, 퇴근하면 착신으로 전화를 걸어서 집에 있는 원장에게 또 이누를 꺼내 달라고 통사정을 할 것이 분명했기에 진퇴양난에 빠져 허우적댔다. 이게 동물병원의 현실이란 말인가? 처량했다. 계속해서 전화를 또 걸었다. 아마 50통은 했을 것이다. 받지 않았다. 교통사고가 난 것은 아닐까? 어떤 연유가 있는 것은 아닌지 나는 슬슬 걱정하기 시작했다. 8시 30분이 되었고 나는 지쳐 환복 한 채 환자처럼 진료대에 나자빠져 버렸다. 대체 이게 무슨 짓인가 싶었다. 그냥 문 닫고 가고 싶었지만, 보호자의 예민한 성격을 알기에 절대 그럴 수 없었다.

"우리 불쌍한 이누를 아박하게 그냥 두고 간 매정한 원장님!"
"이누가 기다리고 있는데 불 끄고 퇴근해버린 싹퉁바가지 선생님!"

다음날 이누를 찾으러 와서 이런 원망을 늘어놓을 것이 자명했고 얼티밋 워리어(미국 프로레슬링 WWE 선수)를 능가하는 키보드 워리어 활동으로 강아지 동호회 카페에 악플이 도배될 것이 뻔했다. 나는 고뇌에 빠졌다. 나보고 어쩌란 말인가? 하염없이 기다리란 소린가? 한심하고 열불이 났다. 그러던 와중에 집에서 전화가 왔다.

아내: 여보! 왜 안 와? 수술 있어? 대박 한 건 한 거야?
나: 아니! 수술은 무슨 개뿔!
아내: 그럼 왜 안 오고 있어? 지금 어디야? 사실대로 말해!!

불호령의 개작두가 음성으로 느껴졌다. 거짓부렁을 했다간 뼈도 못 추릴 태세였다.

나: 병원이야. 미용 맡긴 사람이 아직도 안 찾아가서 이렇게 기다리고 있어. 미안해.
아내: 이 시간까지? 헐! 눈물 젖은 라면이 다 불어가는데 나는 어쩌라고?
나: 먼저 먹어. 나는 굶을 테니. 흑흑흑….

라면은 당시 우리 부부의 주식이었다. 물릴 만하면 종류를 바꿔가며 이런 삼시 세끼를 아니, 점심은 병원에서 지어 먹었으니 아침, 저녁으로 줄기차게 먹었다. 임신 중인 아내를 위해 특별식으로 사리곰탕면에 달걀 투척이 전부였다. 사랑만으로 결혼생활을 유지한다는 건 생각처럼 쉽지 않았고 현실이라는 장벽(intestine wall)에 부딪혔다.

아내: 그래. 그럼 나 먼저 홀랑 먹는닷!! 히히히….

긍정적인 여자였다. 너무도 낙천적이었고 자족적인 인간이었다.

나: 의리 없이 그러기야? 흥칫뿡!!
아내: 메롱!!

아내는 나를 놀리더니 전화를 인정사정없이 끊었다. 나의 편은 세상 어디에도 없었다. 너무도 외롭고 고독했다. 9시가 되었다. 여전히 보호자는 전화를 받지 않으며 나를 우롱하고 자빠져있었다. 100통은 걸었을 것이다. 분명히 교통사고가 크게 난 것이 분명해! 남의 일은 나의 일이 되어 걱정스러운 불편함으로 크게 다가왔다. 거하게 라면 먹방이 끝났는지 아내에게서 또다시 전화가 왔다.

아내: 왜 안 와!! 언 년이야? 누굴 만나고 다니길래 이 시간까지 안 와?

너무 잘생긴 남편을 만난 아내는 평소 의부증이 다분했고 늘 의심의 눈초리로 나의 일거수일투족을 궁금해했다. 너무 미남이어도 인생을 사는데 상당히 피곤한 게 많다. 적당한 게 최고다.

나: 아직 그 손님이 안 왔어. 미안해.

아내: 설마! 그런 4가지가 세상에 어딨어?

나: 여깄어. 진짜야!

아내: 그건 비겁한 변명입니~~~~돠!!!

아내는 갑분싸 실미도 설경구 배우의 명대사를 작렬하며 깨알 센스를 뽐냈다.

나: 내가 거짓을 고하면 나를 쏘고 가랏!!

나도 안성기 배우의 근자감으로 능청을 떨었다.

아내: 한번 걸리기만 해봐. 요절을 낼 것이야! 얼른 처리하고 들어왓! 알써!

나보다 3살이나 어린 포청천 아내는 나에게 반말을 찍찍해댔다. 결혼이란 숱한 인내의 연속이란 말인가? 나는 입술을 깨물며 고심했다.

나: 네. 알겠습니다. 여봉봉. 충성!

넙죽 엎드렸다. 효과가 있었는지 아내는 군말 없이 전화를 끊었다. 9시 10분이 되어가고 나는 이대로 밤을 새울 것인가 생각에 빠졌다. 이만큼 기다렸으면 그냥 가도 되는 거 아닐까? 아냐, 강아지를 12시간 동안 가뒀다고 내일 시달릴지 몰라. 1인 병원의 구구절절함은 구슬프고 애달팠다. 전화를 계속 걸었다. 그녀는 역시나 받지 않았다. 어찌 이런 경우가 있단 말인가. 나는 싸구려 인테리어로 설렁설렁 만든 석고보드벽를 주먹으로 퉁퉁치며 자해를 하고 말았다. 게다가 이제 힘이 다 빠져 걸을 힘도 없었고 멘탈이 나가 정신병원에 셀프입원할 상태로 치달았다. 오장육부에 사리가 한가득 생긴 것이 틀림없었다.

이제는 자해도 지겨워 그냥 진료실 의자에 멍하니 앉아 떡실신했다. 모니터를 응시해도 초점이 맞지 않았고 그야말로 무념무상 해탈의 경지에 이르고 있었다. 정말 목이 빠지도록 기다렸다. 잘못하면 경추 탈골이 돼서 손발이 오그라들지도 모르게 위험천만한 기다림이었다. 그 시간은 지독하게 더디 가서 마치 군 생활처럼 까마득히 길고 길었다.

그렇게 존버 헤자타임은 느릿느릿 흘러갔다.

9시 30분경, 지쳐 쓰러질 때쯤 문이 열리고 사람이 들어오는 인기척이 났다. 눈물 나게 반가워 침을 질질 흘리며 힘없이 고개를 들었다. 기다리고 고대하던 이누의 보호자였다. 피 칠갑에 절뚝이며 걸어들어올 줄 알았지만 사지는 멀쩡하고 쌩쌩했다. 나는 그녀의 경우 없음이 치가 떨리고 살이 떨려 바들바들 분노가 치밀었다.

나: 으메! 지금 몇십니까요?

보호자: 아이고, 원장님 죄송해요. 정신이 없어가지고.

나: 전화를 대체 몇 번이나 했는지 압니까? 이게 뭡니까? 저녁도 못 먹고 퇴근도 못 하고.

보호자: 깜빡했네요.

나: 전화를 받으셔야죠. 통화만 되면 기다리죠. 왜 못 오는지 알려야 기본 아닌가요?

나는 근엄한 표정을 유지했지만 이미 이성을 잃어서 미간을 조금 찡그렸다. 원장의 참담한 처지가 스스로 안쓰러워 눈물이 앞을 가렸다.

보호자: 미안해요. 제가 뭘 좀 하고 있어서 그랬네요. 전화를 받을 상황이 아니었어요.

나: 도대체 무슨 경우였길래 몇 시간 동안 수십 통을 걸어도 안 받는 거죠?

보호자: 일이 있어서 그랬네요. 죄송해요.

나: 그래도 그렇지. 전화를 해주셔야죠. 전화 한 번만 해주지 참. 강아지는 종일 기다리고 있는데.

케이지에 갇혀서 하염없이 기다렸던 이누도 내 맘을 이해할 것 같았다. 이심전심 동병상련은 다시 말해 동(물)병(원)상련이었다.

보호자: 아이고 우리 아가! 엄마가 미안하닷!

보호자는 이누와 눈물의 이산가족 상봉을 하였고, 이누는 기쁨의 오줌을 지렸다. 5평 병원에서는 금방 지린내가 진동했다. 둘 다 왜 그래 정말로! 우울감이 가슴에 사무쳤다.

나: 대체 무슨 일이 있었길래 전화를 못 받았나요?

보호자: 너무 소중한 일이라서 피치 못하게 받을 수가 없었어요. 죄송합니다.

나: 이것보다 중요한 일이 도대체 뭔가요? 진짜 궁금해서 여쭤보고 싶네요.

보호자: 하던 일이 길어져서 전화를 못 했어요.

나: 전화를 한 통만 해주지 그랬어요? 이누를 그리 아끼시는 분인데.

배에서는 꼬르륵 소리가 났고 야밤에 이게 무슨 짓인가 싶어 심란했다.

보호자: 그럴 일이 있었네요.

나: 무슨 사정이길래? 정말로 듣고 싶네요.

간곡히 이유를 물었다. 진짜 어쩔 수 없었던, 그 사정을 알고 싶은 호기심에 질문을 던졌다. 교통사고도 아니고 급성 위경련으로 응급실에 실려 간 것도 아니라면 하우스에서 묻고 따블로 가는 상종가여서 경황이 없었던 것일까? 왜 그랬을까? 정말 순수하게 궁금해서 미칠 것 같았다. 그랬더니 보호자는 이렇게 대답하여 나의 억장을 무너뜨렸다.

슈나 보호자: 성가대 연습이 길어져서요.

오 마이 갓! 신이시여! 음성사서함녀는 거두시고 왜 저는 진정 버리시나이까!!!

아이고 두야! 머리가 터질 것 같았다. 순간적으로 머리가 핑 돌았다. 뇌리에 혈액공급이 원활하지 못해 눈앞이 아득했다. 입술은 달라붙어 말문이 막혔고 온몸에서 기가 빠져 해파리처럼 흐리멍덩해졌다. 나의 몸은 갈기갈기 부서져서 몸땡이는 슬라임마냥 한 줌의 살덩이로 전락해서 보기 싫게 출렁거렸다. 한심한 육체와 희미해져 가는 정신은 분리되어 유체이탈의 장관을 벌렸다. 아득해진 나는 더 이상 말을 잇지 못하고 기꺼이 단답형으로 수긍했다.

나: 네. 잘 알겠습니다.

허탈한 목소리로 힘없이 대답한 후 미용비 단돈 3만 원을 받아 돈통에 고이 넣었다. 굉장히 힘들게 번 돈이라 함부로 하기 싫었다.

보호자: 죄송해요.

그녀는 으레 하는 인사치레를 하고 쏜살같이 사라져 갔다. 나는 순순히 그녀를 전송하지 못했고 싱크대에 처박힌 대걸레를 들고 와서 지렸던 오줌을 닦았다. 닦으면서 수많은 생각이 스쳤다. 나의 앞날에 대한 상념이었다. 향긋한 락스 냄새가 내 코를 신선하게 자극했고 나는 비로소 현실의 나를 긍정해야만 살아갈 수 있음을 자각했다. 내려놔야 들어 올릴 수 있음을 그 야밤에 불현듯 깨달았다.

길다면 길고 짧다면 짧았던 기다림의 시간. 이 또한 지나갔으니 생각하기 나름이라고 스스로를 위로했다. 혹시 강아지 미용을 맡긴다면 반드시 제시간에 찾아가길. 늦은 밤 저녁밥도 못 먹고 우두커니 기다릴 원장의 지리멸렬함을 헤아려주시길. 아니, 그보다 온종일 주인을 기다리는 강아지를 생각해서라도 되도록 빨리 데려가길 바란다.

Daily Life 20

연가시 강아지

미국산 쇠고기 광우병 사태로 한참 전국이 떠들썩할 때, 동물병원에 광우병 주사를 맞히러 온 보호자들이 상당히 많았다. 매일 떠드는 미디어에 익숙해지면, 눈과 입이 습관화되어 뇌와 언어가 따로 논다는 걸 나는 그때 알았다. 하여 나는 광우병으로 듣고 광견병으로 알아들었다.

비슷한 경우로, 이 영화가 한참 유행일 때 그런 경우가 비일비재했다. 어떤 하루였다. 몇몇 여학생들이 우르르 몰려와서는 자기들끼리 뭐가 그리도 좋은지 왁자지껄 떠들면서 진료실로 들이닥쳤다. 동물병원은 일반인에겐 신기한 미지의 공간이다. 그래서일까, 꼭 여럿이 함께 온다.

어쨌든 중학생 정도로 보이는 여학생들은 믹스견 새끼 한 마리를 진료대에 올리며 그것조차 재밌는지 깔깔깔 웃어댔다. 그러더니 강쥐를 붙잡고 있던 여학생 하나가 특유의 발랄한 질문을 던졌다.

여학생 대표: 선생님! 강아지 똥꼬에서 '연가시'가 막 나와요!!!
나: 그래요? 이런!

대충 그림이 그려졌다.
실외 사육하는 자견들은 모견으로부터 회충, 십이지장충 수직 감염이 매우 빈번하다.

하지만 소녀들의 나이를 고려하여 언사의 가벼움에 무턱대고 짜증 낼 순 없는 노릇이었다. 동물을 치료하는 것이 직업이지만 한편으로는 그걸로 삶을 영위하는 생활인이기에 나에겐 코 묻은 돈도 소중했다. 남녀노소 불문하고 고객 하나하나가 귀중했고 매 순간 나는 진심으로 대했다. 그러나 평소 농담을 잘하는 나는 잠시 뜸을 들인 후 그들에게 진지한 표정으로 되물었다.

나: 혹시 요새 물을 많이 먹던가요??
여학생들: (거의 실신하며) 하하하! 허허허! 호호호! 흐흐흐! 항항항!!!!

싱그러운 소녀들은 한동안 흐느끼며 배꼽 빠지게 웃었다. ('연가시'라는 영화를 안 본 사람은 어떤 유머인지 이해하기 힘들 수도 있다)

분변검사(변을 검사하여 세균이나 기생충 감염을 찾아내는 검사법)도 하기 싫었던 나는 그들이 말한 연가시를 Sibulaloma canis(이런 기생충 이름은 없다. 수의학적 조크일 뿐이다)로 잠정진단 내린 후 씁쓸하게 조제실로 들어가 구충제 주사를 뽑아다 강아지에게 놔주었다. 여학생들은 나의 행동을 신기한 듯이 자세히 관찰했고 강아지가 피하주사에 깨갱거리는 것에도 재밌다고 웃어댔다. 그 연가시 강아지는 잘살고 있으려나? 문득 궁금해진다.

어린 친구들은 참 웃음이 많다. 이들 또한 나이가 들면서 성숙해질 테지만, 그에 반해 미소를 점점 잃어갈지 모른다. 청춘일 땐 만물에 편견이 없다. 그래서인지 작은 것에서도 흥미를 느끼며 열린 마음으로 긍정하곤 한다. 마음만은 늘 청춘이고픈 나 또한, 늘 위트와 유머를 겸비하며 살고자 노력중이다.

김광석이 부릅니다
타는 목마름으로

* 수의학 상식

여학생들이 연가시라고 표현한 기생충은 개에서 흔히 발견되는 개회충(Toxocara canis)이다. 동물병원에 내원하여 진료를 받고 구충제나 주사를 처방받으면 비교적 치료가 쉽게 되는 질환이다. 산책을 자주 하는 반려견은 특히 정기적인 구충이 필요하다.

Daily Life 21

항암제로 둔갑한 강아지 구충제

2020년 1월 9일 목요일 12시 10분, 한 장년 남성이 "뭐 좀 하나 물어봅시다."라고 질문하며 다가왔다. 이쌤이 데스크를 지키고 있었고 나는 진료실에서 글을 쓰다가, 그 싸한 질문을 희미하게 엿들었다. 촉이 좋은 나는 이미 감을 잡고 있었다. 느낌이 좋지 않았다. 경험상, 뭐 좀 물어보는 사람은 태반이 어처구니없는 내용이거나 실제로 진료를 받을 생각이 전혀 없는 사람이기 때문이었다. 인의 병원에는 내원해서 뭐 좀 하나 물어보는 사람은 거의 없을 텐데 동물병원은 정말이지 아주 많다.

이쌤: 네! 어떤 걸 도와드릴까요?

남자: 거시기말야 구충제를 좀 사려는데…….

이미 나는 무엇을 원하는지 멀리서도 단박에 알아차렸다.

‘먹일려는데’라는 표현은 동물병원이니까 동물에게 투여하는 목적에 한정된 표현이고, ‘사려는데’라는 표현은 대상이 동물 또는 동물이 아니거나 다른 용도이며, ‘사오라 했는데’라는 표현은 모종의 부탁을 받은 것 정도의 미묘한 뉘앙스에 차이가 있다.

결국, 구충제를 좀 사려는데……
이 말은 당시 대유행을 참작할 때 항암제로 둔갑한 구충제를 찾고 있다는 뜻임이 자명했다.

이쌤: 어떤 걸 드릴까요?

흰머리에 마르고 거무튀튀한 안색의 남자는 구겨진 메모지를 꺼내 읽으며 찬찬히 말했다.

남: 펜벤…… 펜벤다……졸이라고 있다던데.

나는 이미 그 유명한 구충제일 줄 짐작하고 있었다. 혹시나 했는데 역시나였다.

이쌤: 네? 그게 뭔데요?

남자: 파나……쿠……에스라고 하드라구, 파나……쿠……

이쌤: 파냐구요? 음… 무슨 에스를?

말장난할 때가 아니었는데 원장이 평소 유머와 위트를 애정하는 편이라서 직원들도 곧잘 언어유희를 즐겨 사용했다.

남자: 펜벤……파나……

이쌤: 그게 뭔지. 여쭤볼게요.

거기서 끝냈어야 했다. 이쌤이 그냥 없다고 남자를 보냈어야 맞았다. 실제로 나의 병원엔 그 약을 가지고 있지 않았다. 폭발적인 관심에 전국적으로 전량 품절이라서 구하기도 어려웠다. 구충제를 먹고 암을 치료했다는 유튜브 영상 하나 때문에 동물용 구충제를 암 환우들이 무모하게 복용하려 했고, 그 탓에 수많은 사람이 동물병원에 문을 두드렸다. 다급함은 이해하지만, 동물용 약제를 사람이 먹어선 절대 안 되며, 우리 역시 그 책임을 벗어날 수 없기에 절대 판매할 수 없었다. 하지만 어처구니없는 것은 동물병원이 아닌 어떤 곳에서는 암 환자들이 먹을 것이 분명한 그 구충제를 문제의식을 느끼지 못하고 판매했다. 그래서는 안 되는 일이었다.

그러나 남자의 집요한 요구에 이쌤은 나를 끌고 들어갔다.

어둡고 음습해 한 치 앞이 보이지 않는 막장으로 또 나를 밀어 넣었다. 원망스러웠다. 진료실로 급히 들어온 이쌤은 나에게 다가와 애절한 눈빛으로 오너의 간절한 구원을 요청했다. 하여 나는 남자에게 다가가 말했다.

나: 아아! 그건 없습니다.

없는 제품을 계속 달라고 하며 불현듯 화를 내는 사람들 때문에 단호하게 말해야 했다. 나의 어조는 강단 있고 건조했다. 기대와 달라 다소 실망한 남자는 나의 눈을 응시하고선 대답조차 하지 않았다.

나: 그게 지금 다 팔리고 없습니다. 저희도 구할 수가 없어요. 품절입니다.

재차 조금 강한 말투로 설득했다. 그러자 남자는 정색을 하면서 대뜸 화를 내며 쏘아붙였다.

남자: 물어보는데 왜 이리 무성의하게 말해요! 내가 왜 필요한지 알잖아요?

나: 없다고 하는데 뭐가 무성의한가요? 다 팔려서 없고 있어도 못 팔아요. 동물용이에요. 팔았다가 잘못되면 제가 다 책임져야 하는데 팔고 싶겠습니까? 생각을 해보세요. 그리고 왜 필요한지 제가 어떻게 압니까?

예의를 지키지 않는 무성의한 남자에게서 무성의가 대체 무엇인지 성의껏 정의를 묻고 싶었다. '아이고! 저희가 준비를 못 했네요. 얼른 갖다놓을게요' 라고 말해줘야 성의가 그나마 있다는 것인가. 하지만 남자는 수긍하지 않고 이번엔 빈정댔다.

남자: 내가 말이야, 여기 처음 온 것도 아니고 여기 온 적이 있어. 안락사를 시키러 왔었단 말이야.

안락사로 친근함을 표출하려는 시도가 너무도 신박하고 기이해서 말문이 막혔다. 절박함을 희미하게 이해는 할 수 있었지만 '무성의'란 말과 안락사 단골 운운에 난 그를 도저히 환영할 수 없었다.

나: 동물 거를 사람이 왜 먹습니까? 제가 의사도 아닌데 막 줬다가 그 책임은 누가 지냐구요. 다른 곳으로 가보세요. 대부분 주길 꺼릴

거 같은데 안 되면 인터넷으로 알아보시든지요.

남자: 제기랄. 그럼 약 파는 곳이 근방에 있어요? 어딨는데요?

나: 저는 모르겠네요. 찾아보시면 많이 있습니다. 주변에 한번 알아보세요.

그래도 매정할 수 없었다. 동물 구충제로 기적의 항암효과를 기대한 것인지 정확히는 모르겠다. 하지만 불안한 눈빛이 측은해 보였고 허망함에 둘러싸여 있어서 예의는 지키고 싶었다. 그러나 도울 방도가 미미했고 내가 그런 포지션에 있지도 않았다.

남자는 씁쓸히 발길을 돌렸지만 나도 뒷맛이 개운치 않았고 종일 찌뿌둥했다. 항암 효능이 증명되지 않는 동물용 구충제를 함부로 복용해선 안 된다고 생각한다. 검증되지 않은 약물로 인해 오히려 심각한 부작용을 겪을 수 있다. 설령 절박한 상황에 놓인 환자일지라도, 카더라 통신에 부화뇌동하지 말고, 주치의를 전적으로 믿고 적절한 항암제를 선택하여 투병에 최선을 다하면 좋은 결과가 올 거라 믿는다. 나도 그 심정이 된다면 지푸라기라도 잡고 싶겠지만.

걸(GIRL)이 부릅니다
아스피린

Daily Life 22

가물치 사건

사실 이 이야기는 대동물 수의사이신 나의 장인이 겪으셨던 내용이며 아내와 처남이 사건을 직접 목격한 당사자이다. 나는 결혼 후 이 사건을 처음 듣게 되었고 참담함에 입을 다물지 못했다. 따라서 현장감 있는 내용 설명을 위해 나를 아들로 표현하여 관찰자 시점으로 에피소드를 재구성해보았다.

대학생 때쯤 이야기다.

하루는 어떤 남자가 아버지의 동물병원에 왔다. 키우던 물고기에게 먹인다고 '마이싱'(항생제를 뜻함)을 달라고 했다. 남자의 요구에 아버지는 몇 가지를 물어보고 울트라마이신 1kg(16,000원) 1봉지를 그에서 건넸다. 20년 전 이야기지만 아버지는 아직도 똑똑히 기억하고 계셨다. 아버지께 팩트 체크 완료.

하지만 일주일 뒤 문제의 사건이 발생했다. 마이싱을 사 갔던 그 남자가 다시 찾아왔다. 그의 일그러진 표정은 이미 상당한 불평불만을 예고했다. 놀랍게도 그는 입에 걸레를 물고 있었다.

마이싱남: 시바! (Shiba) 그 약 먹고 내 가물치 다음날 다 뒤졌다!! 시바(Shiba) 어쩔거야?! 싹 다 물어~내!! 시바(Shiba)

그는 다짜고짜 욕설부터 시작했다. 그자가 쌍욕을 내뱉자 물고 있던 걸레는 바닥으로 로진백(야구 투수들이 손이 미끄러지지 않게 바르는 송진 가루 주머니)처럼 힘없이 떨어졌다. 그자는 분명 시바견(Shiba, 일본의 개 종류)에 조예가 깊은 애견인인 듯 싶었다.

남자의 억센 폭언에 적잖이 당황한 아버지는 'Nuclear Launch Detected'(스타크래프트 게임의 테란 핵 공격)에 앞마당을 털린 듯 순식간에 멘탈이 붕괴되었고 눈빛은 위태롭게 흔들렸다. 다시 말해 기껏 한 마디 욕설에 아버지는 순식간에 얼어붙어 즉시 반박하지 못하시고 GG(게임에서 짐) 치기 직전으로 내몰렸다.

마이싱남: 시바!(Shiba) 수천 마리가 다 뒤졌다고 한 번에. 시바!! (Shiba)

또한, 그는 인도 시바(Shiva)신을 신봉하는지, 한국에서 좀처럼 보기 드물다는 힌두교도가 분명해 보였다.

아버지 원장님: (정신을 차리고) 말도 안 되는 소리 하지도 마쇼! 어디서 사기를 칠라고!

항변하는 아버지의 말투는 드센 파도와 같았지만, 금세 방파제에 부서져 포말이 넘실대는 잔물결로 사그라들었다.

마이싱남: 시바(Shiba)!! 시바(Shiva)!!~ 다 물어내!! 당장 1억 물어내!

아버지는 1억이란 말에 귀를 의심하며 놀라움을 금치 못했다. 지금도 엄청나게 큰돈이지만 그때 당시 상상을 뛰어넘는 거액이었다. 1억……!! 16,000원이 1억이 되다니! 나는 철없고 아무것도 몰랐지만, 이 천박한 진상짓에 몹시도 치를 떨었다. 모멸감에 휩싸인 아버지는 제대로 걸렸다는 것을 절감했는지 질끈 눈을 감았다. 쌍욕에 생떼를 부리며 난동을 피우는 마이싱남을 보다 못한 사무장님(그때 아버지 진료를 도와주셨던 삼촌)이 몸싸움을 시작했다. 그자는 결국 사무장의 뺨을 때리고 병원을 난장판으로 만들었다.

나도 아버지를 구하기 위해 아수라장에 뛰어들었다.

몸뚱이를 내밀며 나도 때려보라고 분탕질을 도왔다. 어린 마음에 깽 값으로 거액의 가물치 장례비를 퉁치고 싶었던 효심의 몸부림이었다. 난리법석 한바탕 소동이 끝나고 그 시바-마니아, 마이싱남은 일주일 있다가 오겠다며, 돈을 준비하라고 잔뜩 협박했다. 만약 돈을 안 주면 동네 건달들 풀어서 다 엎어버린다고 벼르고 물러갔다.

소동 이후 아버지는 몸져누우셨다. 그런 모습에 어머니도 맥이 빠져 근심에 휩싸였다.

나는 이 비현실적인 현실에 몸 둘 바를 몰랐다. 아버지는 일주일 내내 식음을 전폐하시고 점차 쇠약해지셨다. 항공모함급 모함과 억울한 누명에 힘들어하셨고 1억 원을 정말 준비해야 하는 것 아닌가 하는 걱정에 다크서클은 진해만 갔다. 이에 젊은 패기가 넘쳤던 나는 아버지를 힘들게 한 그 작자를 가만두고 싶지 않아 옴진드기(외부기생충, 심한 가려움이 특징)에 걸린 듯 온몸이 마구 근질거렸다.

며칠 동안 줄곧 집안 분위기는 초상집이었다. 가족들은 이 어처구니없는 사태에 당혹감을 감추지 못했다. 그런데 그러던 어느 날, 두문불출하시던 아버지는 무슨 결심을 하신 건지 갑자기 자리를 박차고 일어나 밖으로 나가셨다. 남겨진 식구들은 내내 우울했던 아버지가 걱정되어 전전긍긍하며 별일 없기를 바랐다.

다행스럽게 10분 후 아버지께선 무사히 돌아오셨는데 살아있는 가물치 2마리를 건너편 시장에서 사 오셨다. 온 가족이 가장의 무사귀환을 환영하며 아버지를 에워쌌다.

에디슨 아버지: (분연히) 다라이 가져와라!!

나는 빨간 양동이를 급히 가져다가 아버지 앞에 놓았다. 내가 대령하자 아버진 양동이에 물을 담고 가물치를 풀었다. 가물치는 물살을 튀기며 강인한 생명력을 과시하였다. 아버지는 약장을 뒤지셔서 문제의 울트라마이신 항생제 한 봉지를 들고 오셨다. 요컨대 역학조사와 동물실험에 돌입하셨던 것이다. 이런 촌극이 따로 없었지만 정말로 그 당시 우리에겐 절실하고 진지한 아이디어였다. 1억이면 지금도 거액인데 20년 전이었으니 그 암담함은 새벽어둠 못지않게 깜깜했다. 아버지는 과감하게 몇 숟가락을 듬뿍 대야에 희석했다. 약의 특성상 금세 물은 빨갛게 물들었다.

그날 문제의 '수의사 처방전제'를 잉태한 항생제 오남용의 현장을 직접 목격했지만 나는 침묵하였다. 아니 기꺼이 나도 공범이 되었다. 수의사 처방전제는 소, 돼지, 닭 등 식용동물에 대한 농가의 만연한 자가 치료로 인한 항생제 및 각종 약물 오남용을 막고자 수의사의 진료 후 처방을 하도록 법제화하였다.

에디슨 아버지: (기대에 찬 눈빛으로) 하루 놔둬 보자!!

고개를 끄덕이며 우린 생활 집(병원과 집은 통해져 있다. 대동물병원은 많이 그런 편이다)으로 들어갔다. 드디어 긴 하루가 지나고 다음 날 아침이 밝았다. 결과가 궁금하셨던 아버지는 서둘러 동물병원으로 나가셨다. 잠시 후 나도 슬쩍 따라가 기둥에 기대어 몰래 아버지를 엿보았다. 그런데 바닥에 있던 대야를 물끄러미 응시하던 아버지는 그야말로 환하게 웃고 계셨다. 영화 속 '조커'는 명함도 못 내밀 지경의 광대승천이었고, 1++ 꽃등심 드실 때와 비교가 안 되는 행복한 미소였다. 정말 이토록 밝은 웃음은 지금까지도 본 적이 없다. 들뜬 나도 얼른 아버지에게 다가가 대야를 뚫어지게 쳐다봤다.

대야에 있던 가물치는 보란 듯이 힘차게 헤엄치고 있었다.

격정에 사로잡힌 부자는 얼싸안고 진정으로 기뻐했고, 방으로 들어와 가족에게 이 희소식을 전했다. 한국이 일본을 상대로 월드컵 우승이라도 한 듯 우리는 모두 얼싸안고 환호했다. 아버진 그날부터 아침밥을 야무지게 드시기 시작했다. 이제 믿는 구석이 생긴 우리 원장님은 밝아진 표정으로 정상 생활에 빠르게 복귀하셨고 평상시처럼 진료활동을 개시하셨다.

며칠 후 드디어 문제의 그 마이싱남이 찾아왔다. 못되게 생긴 크산티페(소크라테스의 아내, 악녀로 유명함)를 대동하고 나타났다. 이번엔 커플이 찾아온 것이었다. 끼리끼리 만난 아주 천생연분 검은 머리 파 뿌리 부창부수 커플이었다. 그들은 한껏 거들먹거리며 돈이 준비됐냐고 윽박질렀다. 그러나 그들은 미처 몰랐다. 우리 아버지가 어제의 아버지가 아님을.

백 원장님: 내가 말이야! 어쩐가 볼라고 가물치한테 그 약을 한번 먹여봤어! 아주 멀쩡하더구먼 어디서 개수작이야! (몸을 들이대며) 한번 해 볼텨?

아버지의 거침없는 행동에는 자신만만함이 흘러넘쳤고 한순간에 분위기는 반전되었다. 다르게 표현하면, 가공할 폭탄테러를 예고했던 마이싱남의 공격은 무위로 돌아가서 순식간에 사건은 새로운 국면을 맞이하였다. CSI 가물치 수사대의 맹활약 덕분에 모조리 진상이 드러난 테러범은 체포 직전으로 내몰렸다. 전혀 예상치 못한 원장님의 일격에 마이싱남은 멈칫거리며 심히 허둥댔다.

그리곤 그는 마지못해 허공에 대고 외쳤다. 그러나 마이싱남의 눈빛은 몹시 흔들렸다.

마이싱남: (아우성치며) 분명히 먹고 다 죽었다고!!!

이미 판세는 저문 듯 그자의 목소리는 무척 힘에 부쳐 보였다.

백 원장님: 검역원이라고 부검해보는 곳이 있는데 한번 해보자!! 당장 가물치 가져와 봐! (의기양양 호통치며) 당장 경찰 불러서 사기죄로 다 집어넣어 불라니까 그리 알어!!

아버지의 바디킥에 이은 그래플링 얼음 파운딩에 그 커플은 금세 곤죽이 되어 TKO 되었다. 순간 그 모습이 너무도 통쾌하여 난 세상을 다 얻은 듯한 흐뭇한 미소를 지었다. 이건 뭐 이순신의 '명량' 해전이 따로 없었던 아버지 원장님의 '쇠고랑' 소탕작전이었다.

가물치 커플은 입이 쑥 들어가서 먼 산만 쳐다보다가 급하게 서로 눈빛을 교환했다. 결국, 부부 사기단은 갑자기 태도를 바꿔 '제발 그러지 말아달라'며 사정하더니 조용히 물러갔다. 그 후로 그들은 20여 년간 우리 앞에 나타나지 않았다. 나중에 파악해보니 그들은 아주 질 나쁜 동네 사기꾼들로 유명했다.

이것이 아버지의 실험 정신이 빛낸 진상 퇴치 사건의 전말이다.

많이 지나서 지금은 웃으면서 말할 수 있지만, 당시엔 비참하고 억울하여 온 가족이 잠을 이루지 못했다. 당시 몸이 불편하셨던 아버지의 신체까지 놀리며 비아냥거리던 그 남자의 모습은 여전히 가족들에게 아픈 기억으로 각인되어 있다.

자영업자를 울리는 블랙 컨슈머는 근절되어야 마땅하다.

강산에가 부릅니다
거꾸로 강을 거슬러 오르는 저 힘찬 연어들처럼

Daily Life 23

빈번한 외이염 (feat. 자줏빛 처가 방문기)

어느 날, 반갑게도 신규 고객이 내원했다.

30대 초반으로 보이는 남자와 여자가 작은 말티즈 한 마리를 안고 오후 5시경 찾아왔다. 늘 그렇듯이 나는 성의를 다해 그들을 환대했다.

나: 어디가 안 좋아서 찾아오셨나요?

수의계 친절남은 상냥하게 물었다. 여자와 남자는 시종일관 다정했고 연인 관계로 보였다.

여자: 귀가 아파서 왔어요.

나: 어디 한번 볼까요?

말티즈의 닫힌 귀를 열어 귓바퀴 내측을 육안으로 살폈다.

전체적으로 발적(빨개짐)이 되어있었고 갈색 귀털이 빽빽했고 시큼한 냄새가 났다.

여자: 귀가 자주 아파요.

나: 그래요? 만성인가요?

여자: 자주 이래요. 짜증 나게.

나: 혹시 얼마나 잦나요?

여자: 1년에 한 번 정도?

여자는 즉시 대답했고 나는 표정 변화가 없도록 노력하면서 애써 쓴웃음을 지었다.

나: 자주? 일 년에 한 번이 자주?

여자: 꼭 이맘때 한 번 귀가 안 좋아요. '자주' 그래요.

정말로 '자주'를 강조했다. 자신이 키우는 동물의 질병에 대한 인식이 어떠한지 단번에 알 수 있는 단어 선택이었다. 1년에 한 번 아픈 것조차 성가시고 생각지 못한 지출이 발생한다는 느낌의 못마땅함이 '자주'란 단어에서 풍겨왔다. 만약 그게 아니라면 그녀는 초중고 국어 시간에 엎드려 자느라 단어의 정확한 의미를 모르는 게 아닐까. 그것도 아니면 그녀가 생각하는 시간의 흐름은 쏜살같아서 매우 빠른 걸까. 나는 외이도를 검이경으로 들여다보며 귀 검사를 시작했다. 그리고 자주 발생하는 귓병에 현미경 도말 검사를 해야 하나 말아야 하나 망설였다. 신규 고객의 초진은 늘 조심스럽고 무엇을 해줘야 만족할지 고민이 되었다. 1년에 한 번 자주 발생하는 귓병을 굳이 무슨 원인이라고 단정 짓기도 애매했다.

나: 기본적으로 알러지가 있군요. 여름철엔 날씨가 고온다습하니까 귓병이 많아요. 알러지에 2차 감염이 쉽게 됩니다. 세균, 곰팡이는 습기와 따뜻한 것을 매우 좋아한답니다.

나름 18년 경력 수의사의 깔끔한 잠정진단과 원인에 대한 설명에 보호자는 더는 이의를 달지 않았다. 나는 귀 청소를 한 뒤, 연고를 넣어주었고 주사와 먹는 약을 주며 그들을 보냈다. 1년에 한 번 하는 치료라서 그런지 진료비용에 대한 저항은 그다지 없었다. 나쁘지 않은 손님이어서 다행이었다. 자주 왔으면 싶었다.

잠시 후 문득 생각에 풍덩 잠겼다. 반대로 그들에게 나의 첫인상은 어땠을까? 부족한 점은 없었을까 복기해보았다. 내가 혹시 그들에게 진상 수의사는 아니었을까, 하는 반성을 해보았다. 깔끔한 외모와 위생적인 가운 상태, 마스크 착용, 풍부한 의학지식, 친근한 설명, 동물을 다루는 섬세한 스킬, 적절한 장비의 활용, 주사 숙련도, 복약지도, 직원들의 친절한 응대, 수납의 상세한 설명 등등 종합예술 벳슐랭(vet-Michelin) 가이드 점수를 매겨봤다. 별 하나 정도로 짜게 줬다. 접종 맛집이라 간신히 그나마 별을 획득했다.

사실 나는 종종 손님 관점에서 모든 걸 평가해보곤 한다. 특히 병원 위생에 신경을 많이 쓰는 편이라 보호자 입장에서 쾌적함을 느낄지, 냄새는 안 나는지, 물건들은 제자리에 정리정돈이 되었는지 객관적으로 살피려 신경 쓴다. 아울러 진료실의 보호자 의자에 앉아 진료받는 입장으로 관찰하며 보호자들은 어떤 생각과 이미지를 가질지 떠올려본다. 이 습관은 수련했던 병원 원장님이 꼭 당부했던 말이기에 충실히 지키고 있다. 자기반성은 경영자로서 참 좋은 마인드이자 영업 방식이라고 생각한다.

아무튼, 나는 그녀가 남기고 간 '자주'라는 단어에 천착하여 그

날 이후에도 가끔 피식 웃곤 했다. 그렇게 웃고 즐기다가 며칠 뒤 간만에 처갓집에 갔다.

장모님은 씨암탉 대신 BBQ 자메이카 치킨을 시켜주시며 우리 가족을 환대해주셨다. 결혼한 지 16년 다 되어가서 닭요리 메뉴는 달라졌지만, 그 배려와 마음은 늘 고마웠다. 요새는 치킨 중 자메이카 치킨이 세상에서 가장 맛있다. 치킨과 피츠(Fitz) 맥주를 즐기며 토요일 저녁을 보냈고 미뤄뒀던 이야기를 나누며 즐거운 밤을 보냈다. 나의 혀는 제대로 물을 만났고 온갖 썰은 그칠 줄을 몰라 천일야화를 방불케 했다.

그렇게 짧은 주말을 값지게 보내고 우리 부부와 아이들은 집으로 떠날 채비를 하였다. 어머님은 바리바리 음식을 싸주시며 아쉬움에 한마디를 하셨다.

장모님: 너무 안 오는 거 아냐? 돈도 좋지만.

나: 네. 죄송합니다.

장모님: '자주' 좀 와!

나는 최근 '자주' 빛 추억이 떠올라 피식 매우 싱겁게 웃었다.

장모님: 소금 줄까? 왜 이리 싱겁게 웃어?

나: 그런 게 있습니다. 하하하!!

장모님: '자주' 들려 좀!

어머니는 당부하셨고 나는 또다시 염분 없이 씨익 미소를 지으며 당차게 대답하였다.

나: 네. 자주 오겠습니다. 추웅서엉!!

15사단 출신의 경례는 공산당을 다 때려잡을 기세로 우렁찼다.

장모님: 그래그래. 고마워.

나의 대답에 흡족해하셨다. 나도 저 나이가 되면 모든 게 고마울까? 나는 좀 자신이 없었지만 그럴 것 같은 예감이 들었다. 해가 질 무렵, 우린 인사를 하고 충남 부여를 부여잡지 못하고 놔주며 떠나왔다.

노을을 만끽하며 올라오는 차에서 줄곧 생각했다.
내가 말했던 '자주'의 의미와 장모님의 '자주'의 거대한 차이를.

어머님은 까마득히 모르고 계시겠지?

나의 '자주'의 진의를 아신다면 아마 깜놀하실걸!

장모님은 진정 모르실 게 분명했다.

사위가 1년 후에 다시 처가에 가리란 걸.

Daily Life 24

악취의 근원

아침부터 배가 아팠다. 화장실을 가야 했지만, 외래진료가 밀려있어 그 날따라 물도 마실 시간조차 없이 바쁘게 일을 했다. 그러던 와중에 올 것이 오고야 말았다. 조제실에서 약을 짓고 있는데 갑자기 배가 심하게 아려왔다. 어어! 참아야 하는데! 기어코, 나의 괄약근은 참지 못하고 이완되었다. 뽀~옹!! 피~식! 졸지에 느자구(항문주름) 없는 놈이 된 것이었다.

방귀가 피식 나왔다.

하늘을 우러러 한 점 부끄럼 없이 살겠노라고 호언장담했건만 그 호연지기는 순식간에 수포로 돌아가 한없이 작아지는 순간이었다. 내 집이 아니라 업무를 보는 곳이라서 순간 어리둥절했고 너무 창피했다. 방귀 소리에서 대충 짐작이 되었지만, 냄새는 무척 지독했다. 내 몸에서 어찌 이런 끔찍한 향기가 나올 수가 있는 것일까? 나는 어젯밤 도대체 무엇을 처먹은 것일까? 이 암담한 현실을 인정하고 싶지 않았다. 악취는 내 뒤에서 따스히(?) 나를 감쌌고 나는 홍조를 띤 채 당황하며 짓던 약을 이어 지었다.

이를 어쩐다? 걱정하고 있던 찰나에 김쌤이 조제실로 불쑥 들어왔다.

김쌤: (입장과 동시에 자기 코를 막으며) 이거 뭔 냄새예요? 엄청 지독하네!!

나: (딴청을 피우면서 태연하게) 몰라? 누가 싸고 갔나?

나의 이 태연자약함에 나조차 놀랐다. 내가 이렇게 뻔뻔한 인간이었나? 염치가 없었다.

김쌤은 "이쪽으로 들어간 강아지들 오늘 없었는데? 이상하네요." 라 말하며 조제실과 엑스레이 실을 눈으로 훑으며 내 뒤에서 궁시렁거리며 앙알댔다.

김쌤: 없어요. 원장님!!

나를 두 번 죽이는 김쌤!! 없긴 뭐가 없어 버젓이 있거덩!! 제발 좀 얼렁 나가라!!! 알라딘 조제실에서 느닷없이 지니에게 주문을 걸었다.

김쌤: 이상하네요. 분명히 안 들어왔는데 변 냄새가 아주 진동을 하네!!
나: 그러게 어떤 놈이 들어왔을까?? 잘 찾아봐!!

나는 비굴하게도 딴청을 피울 수밖에 없었다. 나인 줄 알면 놀림을 당할 게 분명했고 두고두고 가십거리가 될 게 뻔했기 때문이었다. 그만큼 나의 방귀 냄새는 그날따라 미안했다.

김쌤: 진짜 여기에 똥 없어요. 원장님!!
나: 그래? 참 신기하다!!

나는 신기하지 않았지만, 신기한 표정을 지었다. 한심했다.

김쌤: 지독한데 참 요상하네요!

그녀는 갸우뚱거리며 홀연히 조제실을 나갔다. 회자정리 너무도 고마웠고, 거자필반 안 했으면 진정으로 바랐다. 그녀가 알고도 모른 척 한 건지 순진한 건지 아무튼 범인을 못 잡고 허탈하게 떠났다. 진범은 조제실에 있었지만 나는 자수할 수 없던 입장이었고 돌연 암수범죄자가 되었다.

들통 나지 않은 완전 범죄에 미소를 지은 나는 환풍기를 조용히 가동하였고 신경질적으로 공기청정기를 맥시멈으로 틀고는 탈취제를 살포시 집어다 역겨울 때까지 마구 뿌려댔다. 셀프 생화학 공격을 당한 화생방 조제실을 되도록 숨을 참으며 나는 열심히 제독하였다. 창피하고 애석했지만 이미 엎질러진 물이니 주사기로라도 주워담아야 했다.

방귀 냄새는 금세 빠져서 안도했지만 나는 잘 익은 벼처럼 종일 고개를 떨구었다. 최악의 날이었고 나는 매우 부끄러워 하늘을 한동안 쳐다보지 못해 '모가지가 짧아 슬픈' 거북목이 되었다.

지금까지가 구렸던 방귀대장 뿜뿜이 원장의 부끄부끄 참회록이다. 그때 악취의 범인은 나였다고 털어놓고 나니 한결 마음이 가볍다. 정말 죄짓고는 못 살겠다.

Daily Life 25

뽀삐 보호자의 계산법

뽀삐란 믹스견을 데리고 어떤 남자가 내원했다.

국민 수의테크니션 김쌤이 그 보호자를 반갑게 응대했다.

김쌤: 어떻게 오셨나요?

남자: 귀 좀 보려고요.

김쌤은 남자의 신상을 탈탈 털어서 신규 고객 등록을 작성하고 차트 대기창에 '귀 쫌'이라 표시했다. 나는 남자를 호출하고 진찰을 시작했다. 그런데 뭔가 의심쩍어 보호자에게 물었다.

나: 뽀삐가 8년이라고 하셨죠?

남자가 불러준 대로 김쌤이 만들어서 올린 차트에 명시된 나이를 다시 확인했다.

뽀삐 보호자: 네. 여덟 살이요.

나는 뽀삐의 구강을 열어 치아도 보고 눈도 보고, 보고 또 봤다. 예전에 '보고 또 보고'라는 드라마가 있었다. 겹사돈을 다룬 기깔나게 재밌는 드라마였다.

나: 8살 먹은 거 맞나요? 이빨이 너무 깨끗하네요. 파로돈탁스 치약을 애용하나요? 기가 막히게 알흠다운 치아네요.

동물은 동물용 치약이 따로 있다. 파로돈탁스는 즐거운 대화를 위한 조크일 뿐이다.

뽀삐 보호자: 네. 8살.

7살 이상이면 노령견에 진입할 나이인데 기똥차게 건강하고 피모에 광택이 났다.

나: 아닌 거 같은데요. 암만 봐도 어린 거 같은데…….

하루 견사돌을 100알씩 먹어도 이빨이 이렇게나 눈부실 수 없었다. 내가 계속 캐묻자 남자는 이렇게 말하며 나에게 트리플악셀을 선보였다. 어지럽고 온몸이 저려왔다.

남자: 사람 나이로 8살이요. 동물은 1년이 8살이라면서요. 11개월 키웠어요.

아이고 두야! 머리가 트와이스처럼 찌릿찌릿했다.
누가 미리부터 의인화하래!

나: 아이고. 그냥 시간의 흐름에 아이를 맡기세요. 옴파로스처럼.

추억의 캐주얼 패션 '옴파로스'의 TV 광고 후크송을 아는 사람은 알 것이다.

뽀삐 주인: 8살이라던데.
나: 그냥 1년 살았으면 1살. 100년 살았으면 100살인 겁니다.
뽀삐 주인: 그리 계산한다고 하던데.

불통에 골치가 아파왔다.

나: 계속 그런 식으로 하실 거면 5년이 지나면 뽀삐한테 형님이라고 부르셔야 해요. 하극상 감당하시겠습니까? 쓰앵님!

뽀삐 주인: 맙소사! 어찌 그런 일이!

8살이라고 곧이곧대로 믿고 노령견 종합검진하자고 권유했으면 집에 계신 뽀삐 어머니한테 돌팔이라며 김치 싸대기 맞을 뻔했다. 다행스럽게 남자의 무리수는 두루뭉술 차단되었다. 이 양반 진짜 어짜쓰까잉?

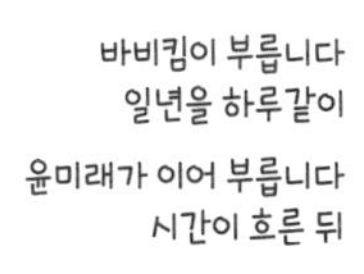

Daily Life 26

싹싹 빌 게이츠

무려 17년 전 일이다. 그때는 'SBS TV 동물농장' 프로그램 방영과 함께 반려동물 붐이 일던 시절이었다. 나는 중급 규모의 동물병원에서 경력 3년차 수의사로 일하고 있었다. 그 병원은 1인 원장에 진료수의사 4명, 수의테크니션 4명, 애견미용사 1명, 도우미 1명의 직원이 근무했으니 지금과 견주어도 상당한 규모를 자랑했다. 그야말로 매출 넘사벽인 소위 말해서 잘 나가는 병원이었다. 원장님 수완이 무척 좋았고, 워낙 목이 좋은 곳이었다. 그래서 외래진료로 늘 바쁜 병원이라 하루하루 정신없이 보냈다.

그러던 어느 날,

얼마 전부터인가 접수실 데스크 컴퓨터가 자꾸 느려터져서 시쳇말로 버벅대기 시작했는데, 그날은 더욱이 완전 렉이 걸려 업무에 큰 차질을 주었다.

불길한 전운은 그렇게 시나브로 다가오고 있었다.

원장님은 다른 지역에 병원을 하나 더 갖고 있어서 늘 오전에 출근하여 입원실 회진(?)을 도시곤 '바람의 정령'처럼 홀연히 그쪽 병원으로 넘어가셨다. 오후 늦게나 다시 돌아오셔서 오늘의 일과를 보고받았고, 늘 먼저 퇴근하시곤 했다.

당시 나는 3년 차라서 월급이라는 느낌보다는 용돈에 가까운 페이를 받았고, 4대 보험의 사각지대에서 허덕이며 말 그대로 온몸으로 받아내는 수련을 하는 중이었다. 당시엔 임상 케이스 체득과 수술법을 배우는 게 봉급의 일부라고 여겼고, 그걸 당연하게 생각했다. 그래서 병원은 호황이었지만 나에게 쥐어진 돈은 한참 부족했다. 요즘은 처우가 상당히 좋아져서 정당한 임금과 정상적인 근무시간을 보장받고 있는 듯하다. 후배들이 빈약한 연차여도 5일제와 상당한 월급을 받는 것을 보니 격세지감이 아닐 수 없다. 그저 부럽다. 당시에 나는 큰 병원을 운영하는 원장님을 보며 부푼 꿈을 꾸기보단 그저 하루하루 고된 노동시간을 걱정하기에 바빴다. 그러나 공부에 대한 열정은 넘쳐흘렀고 가슴은 늘 벅차올라 나름 빵빵했다. 여하튼 그날은 모처럼 원장님이 진득하게 병원에 붙어서 진료를 보셨고 우리 진료 수의사들은 잔뜩 긴장한 채 눈치를 보며 근무를 했다. 평소에 우리 다혈질 원장님이 없는 것을 은근, 아니 대놓고 반겼다.

나: 원장님! 바람 쐬고 오세요. 저희가 잘 보고 있을게요! 하하하!
(가증스러운 미소 뒤에 숨은 얼씨구 놀자판 기대감 충만)

동문 후배였던 나는 넉살 좋게 자주 원장님을 꼬드기곤 했다.

하여튼 이 사건은 원장님이 말뚝 근무하신 날 벌어졌다. 라면처럼 푹 퍼져버린 컴퓨터가 말썽을 일으키자 순식간에 진료 업무가 마비되었고, 차트 기록과 투약, 입원, 접종 등에 지장이 생겨 심한 난맥상이 되어버렸다. 금세 진료는 밀리고 수납도 밀려 로비는 그야말로 아수라장이 되고 말았다.

원장님: 왜 그래? 뭐가 문제야!
테크니션1: 컴퓨터가 먹통이에요.
원장님: 빨리 고쳐봐 봐. 난리잖아!
테크니션2: 이거 고치는 사람 불러야 할 것 같은데요.

수의사들도 진료에 차질이 생기자 데스크로 모여들어 비좁은 공간이 순식간에 바글바글 화개장터가 되었다. 골치 아픈 상황과 다르게 사람 사는 냄새가 금방 풍겨왔다. 쿰쿰하고 고소했다.

원장님: 일단 진료 먼저 하자고.

그전부터 이 동물병원은 환자기록을 손으로 쓰는 수기 차트를 쓰곤 했는데, 컴퓨터에 기록하는 전자차트가 보급되면서 차트 프로그램으로 갈아타는 중이었다. 이 e-차트 의무기록을 저장하는 메인 서버는 수납 데스크 컴퓨터에 있었고, 공유기를 이용하여 각 진료실로 연결해 사용하고 있었다. 그런데 데스크 프로그램이 안 돌아가자 서버로 연결된 1, 2 진료실 프로그램도 먹통이 되었다. 예컨대 중추신경계를 다친 각 진료대는 부전마비 상태(완전마비보다 약한 마비 정도)가 되어 절룩절룩 너클링(신경 손상 등으로 발목이 반대로 꺾이는 증상)을 호소했다. 급기야 외래진료가 몰리는 시간대가 되자 수기 차트를 꺼내 와 기록하였고 데스크에서는 진료 내역을 간이영수증에 적어 수납하며 폭주하는 환자 러시를 넘기고 있었다.

간신히 밀린 고객들을 보내고 한산해지자 한숨 돌린 원장님은 얼른 컴퓨터를 수리하자고 발끈했다.

원장님: 빨리 사람 불러! 머리 아프니 바로 고쳐야겠다! 사람들 또 몰리면 어쩌라고!

원장님은 불같이 화를 냈고 눈치를 보던 직원들은 다들 컴퓨터를 들여다보며 돕는 척을 하면서 바삐 움직였다.

원장님: 컴퓨터 가게 전화번호 없어?

원장님의 카리스마에 모두 한껏 쫄아있었고 동문 후배였던 나조차 무서워 벌벌 떨었다. 그 화가 어떤 식으로 불똥이 튈지 다들 경험으로 알고 있어서 걱정이 태산이었다. 하여 테크니션 쌤들과 진료 수의사들은 책상을 마구 뒤지면서 무언가 하는 시늉을 계속했다. 그런데 그 순간, 구세주가 나타났다. 연차 높으신 페이닥터(봉직의) 한 분이 각박한 컴퓨터를 구원하러 강림하신 것이었다.

5년 차 페이닥터: 제가 좀 컴퓨터를 좀 볼 줄 압니다만.
원장님: 그래? 진작 말하지 그랬어! 그거 잘됐네. 그럼 한번 해

봐 봐.

원장님은 돈이 굳어서 좋은 건지, 아니면 직원의 다재다능함이 맘에 들었는지 순간 들떠버렸다.

5년 차 페이닥터: 네!!

그는 자신에 찬 어조로 대답했다. 진료가운을 벗어던지고 팔을 걷어붙인 뒤 분주히 움직이기 시작했다. 눈에 띄게 자주 뿔테 안경도 만지작거렸다. 내가 보기엔 상당히 불필요한 사전 동작이 많았다. 걱정과 기대에 찬 눈빛으로 나머지 직원들은 그 광경을 지켜보았다.

원장님: (히죽히죽) 내가 박 선생을 잘 뽑았다니깐! 하하하!

그의 멋쩍은 웃음이 순간 얄미웠다. 틈만 나면 그 선생님 뒷담화를 하시던 원장님이었기에 과찬이 맘에 안 들었다. 나도 안 보이는 곳에선 까이겠지, 이심전심의 마음이 불쑥 들어서 더 그랬던 것 같다. 5년 차 진료 수의사이자, 순식간에 컴박사가 되신 박 선생님은 모니터 화면을 주시하며 빠르게 마우스를 클릭

했다. 모니터 확인이 끝난 선생님께선 말없이 머리를 숙이며 본체를 확인하기 시작했다. 데스크 밑에 있던 데스크톱이었으니 사실상 '데스크바텀'이었던 본체의 코드와 랜선을 확인하며 꾹꾹 다시 껴보고는 인터넷이 잘 작동하는지 확인했다. 그는 말 그대로 프로였다.

컴박사 선생님: 인터넷도 멀쩡한데 컴퓨터가 버벅대는 거 보니 바이러스에 감염되어서 그런 거 같습니다. 백신 프로그램 돌려보고 그래도 잘 안 돌아가면 최종적으로 포맷해야 할 것 같습니다.

순식간에 잠정진단을 내렸다. 진료도 잘 보고 컴퓨터도 잘 다루고, 아주 못하는 게 없는 팔방 미남이었다. 컴퓨터 수리점에서 나온 줄 착각을 일으킬 정도의 전문성에 모두 아무 말 못 하고 고개를 끄덕였고, 컴부심 강한 선생님께서는 어깨에 힘이 잔뜩 들어갔다. 컴박사님은 잠시 후 무료 백신을 깔고 바이러스와 스파이웨어 탐색을 시작했다. 느릿느릿 검색에 한참 시간이 걸렸고 얼추 잡아낸 것들을 미련 없이 모조리 삭제하고 재부팅을 하는 동작을 여러 번 했다. 모든 걸 해결하신 선생님은 강한 긍정의 눈빛을 모두에게 쏘며 전원 버튼을 눌러 부팅을 했다.

윈도우 배경음악이 나오면서 파란 바탕화면이 떠올랐다. 두둥!

그러나 컴퓨터는 우리의 기대를 저버리고 비둘기호처럼 느려터져 우릴 경악하게 만들었다. 박 선생님과 원장님, 이하 직원들은 심히 낙담했다. 단단히 어디가 잘못된 것 같았다. 덩달아 우리 속도 타다닥 타들어 갔다. 하여 마치 컴퓨터에게 사망 선고를 내리듯이 선생님은 과감한 확정진단을 내리셨다.

컴박사: 뭘 해도 안 되네요. 이거는 밀어야 합니다. 답이 없습니다. 싹 포맷하면 잘 돌아갈 겁니다. 그래도 안 되면 그때는 새것으로 구입해야겠네요.

반신반의 원장님: 그래? 포맷이 뭔디?

컴박사: 초기화하는 겁니다. 새로 산 것처럼 만드는 거죠. 하하!

원장: 차트는 그럼? 싹 다 지워지는 거 아냐?

컴박사: (자신있게 웃으며) 백업을 싹 다 해놓고 다시 깔면 됩니다. 걱정하지 마세요.

원장님: 백업이 뭔디?

컴박사: 중요한 걸 다른 드라이브에 따로 놔두는 거죠.

반신반의 원장: 그래? 그럼 얼른 해봐.

다시 쉴드를 채워 체력를 회복한 박 선생님은 신중하게 차트

데이터 백업을 진행했다.

컴박사: 윈도우 씨디 있나요?

어떤 수의 테크니션: 어디 있을 거예요.

컴박사 선생님은 책상 이곳저곳을 뒤져서 윈도우 CD를 찾아냈다. 너무 쉽게 차트 백업을 마친 선생님은 '포맷하시겠습니까? YES or NO' 화면에서 망설임 없이 'YES'를 누르셨다. 컴퓨터가 정상 작동하여 진료에 차질이 없길 우리는 한마음으로 싹싹 빌고 빌었다. 전원이 다시 켜지자 화면에서 F 키를 누르고 부팅 설정을 해 윈도우 운영체제를 깔기 시작했다. 그 현란한 전문성에 난 낼름낼름 혀를 내둘렀다. 컴박사 선생님은 윈도우를 깔고 인터넷 연결을 하고 이것저것 한글, 엑셀 등의 유틸리티와 차트 프로그램을 다운받아 설치하기 시작했다. 꽤 시간이 흐른 후, 모든 설치가 순조롭게 마무리되면서 막바지로 치닫고 있었다.

그런데,

한참을 바쁘게 마우스를 움직이던 선생님의 손이 갑자기 얼어붙었고 얼굴은 붉은 노을처럼 상기되었다. 급똥이 마려운 건가? 뭐지? 그 갑분싸함이 무척 궁금했다.

나: 왜 그래요? 선생님?

컴박사: ....

원장님: 왜 그래!!

컴박사: ....

왜 꿀 먹은 벙어리가 되었을까?

입 주변에 꿀 범벅이 된 선생님은 어렵게 말을 꺼냈다.

컴박사: 백업된 파일이 없네요…….

원장님: 뭐?

컴박사: 차트에서 불러왔는데 없어요.

원장님: 뭣이 어째?!!

오늘 중으로 집에 가긴 글렀다는 생각이 바로 들었다.

원장님은 버럭 화를 냈고 우리는 할 말을 잃었다.

앉아있는 컴박사님과 뒤에 서 있던 원장님의 눈빛이 순식간에 교차하였고 증오와 좌불안석의 레이저가 격하게 충돌하여 그 불꽃이 괜시리 내 진료 가운에 튀겼다. 뜬금없이 내 옷이 갑자기 지글지글 타들어 가는 것을 보곤 테크니션 쌤들이 급히 나의 가운을 벗겼다. 다행히 불꽃은 순식간에 진화되었지만, 그 둘의 불타는 신경전은 몹시도 팽팽하여 어느 순간 펑하고 터질 지경이었다. 보는 사람이 다 조마조마했다. 난 그때 그 순간을 정지된 화면처럼 지금도 또렷이 기억하고 있다.

원장님: 잘 찾아봐.

어르고 달래는 원장님.

컴박사: 네…….

순식간에 10년은 늙어버린 듯 눈이 퀭해진 컴박사는 이것저것 창을 열고 무언가를 하는 시늉을 했다.

컴박사: 분명히 D 드라이브에 넣어뒀는데 없어요!
원장님: 빨리 안 찾아!!
컴박사: 죄송합니다. 날아간 것 같습니다.

15년 동안 쌓아온 소중한 고객 리스트가 한꺼번에 증발했다.

그야말로 순삭(순간삭제)되었다. 원장님의 광분은 충분히 이해하고도 남을 정도였다. 병원에서 고객 차트는 가장 중요한 자산이자 진료기록이기에 그 무엇과도 바꿀 수 없는 생명줄이었다.

컴박사 선생님은 다시 2차 사망선고를 내렸다.

컴박사: 없습니다. 죄송합니다.

원장님: 나와 봐.

의자 뺏기 놀이도 아닌데 원장님은 불시에 컴박사 선생님을 야멸차게 내치고 본인이 의자를 차지했다. 그만큼 절박하고 황당했다. 컴퓨터로 할 수 있는 거라곤 사이트 검색과 고스톱 게임뿐이었던 원장님이었기에 그 허망함과 아득함은 지켜보는 나조차도 격하게 공감되었다. 원장님은 허공에 대고 발차기하듯 무언가를 마우스로 클릭하였고, 당연히 아무런 의미가 없었다. 마치 열정의 람바다처럼 침묵의 '커서' 화살표는 분위기와 어울리지 않게 신나게 춤을 추었다.

1분도 채 버티지 못한 원장님은 마우스에서 손을 뗐다.

많이 버텼다. 중장년 어른이지만 나름 대견했다.

원장님: 차트회사에 전화해 봐. 당장!!

얼어붙은 테크니션 쌤이 명함첩을 뒤적여 차트 사장님을 소환하였다. 자초지종을 설명하고 도움을 간절히 요청하였다. 전화 설명에 이런, 저런 프로그램을 깔고 원격지원을 클릭하였다. 원격이 연결되자 신기하게도 주인 잃은 커서는 제 맘대로 움직이며 이것, 저것을 뒤지기 시작했다. 한참을 돌아다니던 모니터 위 '커서'는 힘없이 멈추었고 이어서 전화가 왔다.

차트 관계자: 없어요. 아무리 찾아도 없어요. 백업한 거 맞아요?
테크니션 쌤: 네. 하셨어요.
차트 관계자: 고객 파일이 없어요. 확장자가 아예 없어요. 날아간 것 같습니다.

스피커폰 목소리의 3차 사망선고에 모두 할 말을 잃었다.
벌써 3번째니까 차트는 완전히 죽은 게 맞았다.
우린 오늘 집에 다 갔다. 나는 그때 또 생각했다.

원장님: (자포자기) 이제 어쩔 거야? 잘한다며?

칭찬할 땐 언제고……. 나는 속으로 쯧쯧 혀를 찼지만, 분노의 심정은 십분 이해되었다.

컴박사: 죄송합니다……. 분명히 저장했는데…….

원장님: 다시 한번 잘 찾아봐 봐.

또다시 미련을 못 버리고 복구해주길 사정했다. 마치 내 일 같아서 원장님이 안쓰럽고 허망했다. 컴박사 선생님은 다시 한번 뾰족한 가시방석에 앉았다. 엉덩이가 콕콕 아린지 표정은 일그러졌다. 그는 마우스를 바삐 움직였지만 커서의 움직임은 공허했다. 한마디로 누가 봐도 쓸데없었다.

컴박사: 면목없습니다. 다 찾아봤는데 없습니다.

모든 고객 리스트가 한순간 사라지다니!!

나조차 망연자실했다.

수많은 고객 정보와 수술 내용, 투약, 누적된 병력, 백신 예정, 고객의 취향, 미용 스타일 등등 이루 말할 수 없이 엄청난 가치가 있었던 고객 자료가 송두리째 흔적도 없이 실종되었다. 가공할 매운 손으로 딱밤을 18대 때려도 전혀 이상하지 않을 정도로 통한의 순삭이었다. 고통에 일그러진 표정을 짓던 원장님은 거의 체념하고 현실을 직시하고선 운을 뗐다.

원장님: 이제 어쩔 거야?

컴박사: ....

원장님: 어떻게 책임질 거야?

원장님은 거의 울먹였다.

분노와 울분의 케미는 슬픈 소나타로 연주되었다.

컴박사: ....

아카시아 꿀을 야무지게도 잡순 컴박사 선생님은 입을 열지 못했다. 페이 아닥터 선생님이 너무 불쌍했다. 괜히 오지랖에 나섰다가 곤욕을 치렀으니 안타까움은 너무 짙었고, 책임은 심히 무거웠다.

그날 병원은 완전 발칵 뒤집혀서 대성통곡 아비규환의 초상집이 되었고, 차트를 잃어버린 병원은 수개월 동안 업무마비가 이어졌다. 기존 고객이 찾아오면 신규 차트로 등록하는 수고를 해야 했다. 물론 고객들이 가장 불편해했다. 그렇게 병원은 처음부터 다시 데이터베이스를 모아갔다. 하지만 백신 예정일 문자 발송이 불가능하여 예방접종을 위해 내원하던 보호자들이 혼란스러워했고 숱한 항의를 했다. 기왕력을 모르는 환자들은 새로이 기억을 더듬어 물어가며 진료를 보아야만 했다. 당연히 외래 진료는 급감했고 빛나던 병원은 가을 낙엽처럼 퇴색되어 한마디로 형편없어졌다. 그래서 원장님은 시종일관 그 선생님에게 막 대했고, 그 피해액은 막대했다.

사건 후 원장님은 컴도사 쌤에게 엄중한 책임을 물었고, 반면 그날 컴맹이었던 나는 반민특위, 아니 반-병원컴-특위에서 자유로웠다. 열심히 병원을 도우려던 일종의 독립투사 페이닥터는 본의 아니게 밀정으로 몰려 뭇매를 맞았다. 너무도 비참하고 황당한 오지라퍼 대참사였다.

이 사태는 나의 인생에 크나큰 교훈을 주었다. 나도 한 푼이라도 아껴볼 요량으로 복제된 윈도우 CD를 이용해서 버벅대던 컴퓨터를 포맷해 셀프 재설치를 하곤 했는데 아니다 싶은 것은 전문가에게 맡겨야 한다는 좋은 공부가 되었다. 그날 이후 습관적으로 백업은 2곳에 나누어 매일 하게 되었고, 조금만 이상해도 동네 컴퓨터 전문가를 불렀다.

컴박사 선생님은 다음 달 타의로 퇴사했다. 결코, 자의가 아니었다. 금전적 손해는 막심했지만, 선의의 행동이었으니 너무 야박할 수도 없는 노릇이었다. 아마 한 달 치 월급으로 미약하게나마 손해를 메운 것으로 희미하게 기억한다. 병원에도, 박 선생님에게도 너무나 슬프고 허망한 사연이었다. 간혹 오지랖은 넣어둬야 현명한 것 같다.

지금은 잘 지내시려나 오늘따라 무척 궁금하다.

어쨌든 컴퓨터가 버벅대면 전문가를 찾아라! 컴도사가 먼저다!
백신 설치는 기본! 귀찮아도 중요 문서 백업 생활화는 필수!
특히 동물병원 진료 차트는 그 무엇보다 완전 소중하니까!

씨스타19가 부릅니다
있다 없으니까

Daily Life 27

남자는 여자의 미래고, 여자는 남자의 미래다

2012년부터 내원했던 아름다운 부부가 있었다.

신혼부부는 늘 같이 내원했는데 신혼답게 매사가 러블리했고, 배려가 넘쳤으며 참 싱그러웠다. 코카 스파니엘 새끼 강쥐를 데리고 다니며 기초접종을 열심히 했다. 20대 후반쯤 되어 보이는 그들은 정말 선남선녀였고 서로를 위하는 모습이 참으로 좋게 보였다. 남편이 총각 시절 키우던 고양이로 추측되는 샴 고양이 2마리도 자연스럽게 신혼집으로 데리고 와, 그들은 총 3마리의 반려동물을 키웠다.

다롱이란 코카는 기초접종 이후 제대 허니아(배꼽 탈장. 포유류는 임신중 태반으로 영양을 공급받기 때문에 대부분 배꼽이 있다) 교정과 수컷 중성화 수술을 하였고 무럭무럭 잘 컸다. 그러나 그 코카 스파니엘은 고질적인 중증 피부염을 앓기 시작해서 신혼부부는 점점 지쳐갔다. 더구나 3마리를 돌보는 것에 대해 현실적인 부담을 느끼는 듯했다. 그러던 와중에 아내 분이 임신하여 톡소플라즈마(포유류, 조류에서 발견되는 기생충 중 하나)에 대한 막연한 두려움이 커져만 갔다. 결국, 고양이 사육에 불안함을 느낀 아내는 남편과 자주 불화를 겪는 것 같았다. 임산부들은 반려묘들에게서 톡소플라즈마 보균 여부를 철저히 검사하고 위생적으로 분변 청소를 하면 안전할 수 있다.

어느 날 남편이 나에게 다가와 긴히 할 말이 있다며 상담을 요청했다. 임신한 아내가 동물로 인한 질병 전염에 민감해서 다툼이 잦아 힘들다고 하였다. 남편이 키우던 고양이에게 상대적으로 애정이 덜했던 아내는 할 수 없이 고양이의 파양을 부탁했고, 정이 듬뿍 든 남편은 힘들게 중대결심을 하고 나에게 분양을 의뢰했다. 그러나 나는 그때 이미 고양이 4마리를 병원에서 사육 중이어서 더 받아줄 여력이 안 되었다. 딱한 마음은 가득했지만, 딱히 방법이 없어 무력감을 호소했다. 게다가 나의 아내는 가정에서 수학교실을 운영했기에 내 집에서 동물을 키울 형편이 안 되었고 병원 또한 포화상태라 참 곤란했다.

남자는 믿을 만한 사람을 찾고 있어 무리한 부탁을 하였다며 자신의 처지를 용서해달라고 통사정을 하였다. 아무에게나 보내고 싶지 않은 심정이라고. 그래서 냥이들이 잘 지내기를 순수하게 희망하는 남자의 뜨거운 부탁을 나는 차마 거절하지 못하고 기어코 수락하고 말았다.

결국, 샴 고양이 2마리는 2012년 어느 날, 나의 병원에 오게 되었다.
매우 순한 두 고양이는 정말 사랑스러웠고 애교가 넘쳤다. 아주 만족스러웠으나 병원에 풍기는 고양이 대소변의 악취가 지독했고 그 뒷처리에 직원들은 점점 지쳐갔다. 고객들 또한 코를 막아야만 했다. 그러나 동물들은 죄가 없고 생명은 소중하기에 무리수는 계속되었다.

그러던 어느 날이었다.

한 수컷 고양이가 '고양이 하부요로비뇨기 증후군'(Feline Lower Urinary Tract Disease(FLUTD:요관, 방광, 요도에 생기는 모든 문제를 포괄하는 비뇨기 질환)으로 응급 내원했다가 불행히도 상태가 악화되어 사망에 이르렀다. 나는 상심이 큰 그 보호자를 위해 샴 고양이 2마리 중 한 마리를 입양해주기로 마음먹었다. 물론 최초 보호자에게 사연을 설명하여 설득과 동의를 얻은 후의 결정이었다. 그렇게 한 마리의 샴 고양이를 떠나보냈다. 새로운 식구를 얻은 입양자는 정말 대만족하며 무척 좋아했고 나에게 고마워했다. 막상 떠나보내려니 마음이 아팠지만, 고양이에게도 병원보다는 가정집이 더 좋을 것 같아서 분명 잘한 선택이었다고 못내 아쉬움을 달랬다.

이런저런 사연으로 내게 남겨진 냥이가 바로 '완득이'라는 샴 고양이다. 완득이는 8년째 나에게 화수분 같은 사랑을 매일 주고 있는, 이 세상에서 매우 특별하고 무척이나 아름다운 동물이다.

*

결혼 후 배우자의 입장과 임신이라는 특수성을 받아들여야 했던 남편은 한동안 그늘져 보였다. 그러나 원만한 결혼생활이 더욱 중요했고, 사랑은 양보가 우선이기에 그렇게 묻혀갔다.

그들의 강아지, 코카 스파니엘 다롱이는 보란 듯이 잘 성장했다. 심성이 너무도 착하고 사랑스러운 강아지였다. 그러나 그 행복도 오래가지 않았다. 다롱이는 피부염이 악화되어 아토피성 피부염으로 발전하였다. 주인들은 점점 치료에 지쳐갔고 금전적 압박으로 포기 상태에 다다랐다. 더욱이 영유아가 있는 가정에서 흔히 겪는, 동물로 인한 아기의 상해를 걱정하기 시작했고, 고양이 2마리를 보낸 입장에서 이제는 급기야 개까지 보내야 하는 안타까운 결정을 고심하고 있었다. 중형견이라서 자칫 아이를 물게 되면 큰일이 날 수 있어 그 심각한 고민은 현실화되었다.

그렇게 2014년 코카 다롱이는 시골로 보내지게 되었다.

그 후로도 가끔 남편은 우리 병원에 오다가다 들려 완득이의 근황을 체크했고 회한에 젖어 지그시 예전 자신의 고양이 눈을 한동안 들여다보곤 했다.

*

다른 곳으로 다롱이도 보낸 지 3년 정도 시간이 흘렀을까 오랜만에 남편이 반갑게 들렀다. 완득이와 나에게 인사하던 남편은 슬픈 소식을 전했다. 다롱이(코카)가 시골에 가서 매우 행복하게 지냈는데 불의의 사고로 유명을 달리했다고 말했다. 불행한

소식에 나는 숙연해졌고 활발했던 아이의 모습이 뇌리를 스치며 추억에 흠뻑 젖었다.

그 후 남자는 모습을 보이지 않더니 2020년 3월 18일, 장성한 딸과 함께 다시 찾아왔다.

고양이 암컷 중성화 수술을 예약한 고객이었는데 직원들은 그들을 못 알아봤지만 나는 롱타임 노씨를 눈치챘고 부산을 떨면서 반갑게 부녀를 반겼다. 내 병원에서 처음 만난지 8년이 지난 후라서 남자는 건장하고 산뜻한 모습의 남성미는 사라졌지만, 평범하고 나이에 걸맞게 수수한 차림이었다. 비록 입과 코는 검정 마스크로 가려져 있어도 온화한 눈매와 선한 눈빛으로 누군지 단번에 알 수 있었다.

나는 호들갑스럽게 진료실로 그들을 안내했고 남편과 딸은 진료대 고객의자에 순순히 앉았다. 정말 간만의 상봉이라서 뜻깊은 회한에 젖었다. 딸바보 아빠와 다정한 담소를 나누면서 절차상 수술 동의서를 내밀었다. 애틋한 해후는 무척 포근했다.

나: 아이고! 이게 몇 년 만이에요. 잘 지내셨죠?

남편: 네네. 원장님도 여전하시죠?

나: 맨날 그렇죠 뭐 하하!

남편: 머리를 상당히 볶아버리셨네요. 아주 그냥 닭볶음탕같이. 하하!

나: 오래 가는 걸루 해달라 하니까 요로코롬 아주 예쁘게 바보를 만들어놨답니다. 헐!

남편: 저도 파마를 한번 거하게 잔치국수처럼 말아야 쓰겠네요.

나: 하하하! 그런데 따님이 이렇게나 컸나요? 갓난 아이였는데.

남편: 8살이 다 되어갑니다. 세월이 참 빠르네요.

나: 그러게요. 처묵을 것이 없으니 나이만 처먹고 자빠져있네요. 차말로 흐흠.

남편: 하하하! 시답잖은 소리 고만 하시고 본론으로 들어가시죠.

나: 허걱. 고양이를 다시 키우시게요?

남편: 고양이 두 마리 보내고 다롱이도 그렇게 하늘로 보내고 한동안 잘 지냈는데, 요놈이 사연이 있어서 우리가 분양했습니다. 지인인데 주인이 사정이 생겨서 못 키울 상황이라 제가 데려오게 됐답니다. 집안이 적적하니까 딸이 우리가 받자고 자꾸 난리여서 마지못해 입양했는데 참 순하고 착하네요.

나: 잘하셨어요.

남편: 접종이랑 이런 건 다 했다고 하고요. 발정이 났는지 종일 울

어서 중성화하러 왔습니다.

나: 네. 잘 데려오셨어요. 사랑받아야지요. 따님도 이제 어느 정도 커서 편하겠어요. 따님 하나신가요?

남편: 음, 아~네.

잠시 텀을 주면서 입술을 삐죽거리던 남자는 힘없이 대답했다.

나: 수술 동의서 꼼꼼히 읽어보시고 서명 작성해주세요.

남자는 마취와 수술에 관한 주의사항이 잔뜩 적힌 수술동의서를 찬찬히 읽어보며 멋지게 친필 사인을 했다. 대찬 그 모습이 참으로 멋져보였다. 별것이 다 부러운 나였다. 나는 동의서를 받고 위험성과 합병증 등을 설명하고 비용과 옵션을 일일이 열거하며 예상되는 금액을 사전고지했다. 고객이 오해 또는 곡해하지 않도록 검사의 의의와 소요시간, 비용, 항목 등에 대한 조율과 의사소통은 매우 중요하다. 간혹 수의사가 알아듣게 설명을 해도 간과하는 보호자들의 사오정 때문에 곤혹스러운 경우가 있다. 친절한 설명과 귀담아듣는 경청은 상호 간 예의이자 비즈니스의 미덕이다. 남자는 흔쾌히 모든 옵션을 수락하고 잘 부탁한다고 말했다.

나: 사모님 잘 계시죠? 안 뵌 지가 오래됐어용.

순간 정적이 흘렀다.

나는 또 진창에 빠진 것일까 사주경계를 했다. 그러나 머나먼 정글은 이미 가까운 데 있었고, 기어이 나는 질퍽이는 시궁창으로 빨려들어 갔다. 남자는 침통한 표정으로 할 말을 정리하는 듯했다.

남편 : ··························흠.

나는 이미 뱉어 버린 말을 주섬주섬 주워담아봤지만 작은 파편들은 도무지 손아귀에 잡히지 않았고 별 소용이 없었다. 나는 의미 없는 헛손짓을 멈추고 남자의 눈을 응시했다. 한참 동안 묵상에 젖어있던 남자는 무거운 입을 열었다.

남편: 없습니다.

나는 버벅이던 뇌를 풀가동시켜 뜻한 바를 캐치해보려 애썼다. 이혼해서 혼자 지내는 것일까? 아니면 또 다른 뜻일까? 나는 어리둥절해서 갈피를 못 잡았다.

나: 없…다…니…요? 그게 무슨 말이세요? 혹시 헤…어…지?

요즘 세상에 흔해빠진 이혼을 에둘러서 물었다. 사생활을 굳이 알고 싶지도 않았고, 알 필요도 없었지만 나는 순수한 의도로 그 아름다웠던 부부가 궁금했다. 남자는 일시에 미간의 주름이 깊어지게 눈가에 힘을 주었고, 입술을 꽉 깨물며 말을 아꼈다. 그 순간 난 그의 함축된 표정 안에서 많은 것을 읽어내려 했다. 그러나 안개는 자욱했고 습윤한 입자가 답답함으로 밀려와서 축축했다. 나의 목구멍은 미치도록 끈적해져 헛기침이 나와 목이 메이기 시작했다. 사람과 말을 섞는 것이 이토록 버겁고 후회스럽단 말인가! 나는 암울함을 느꼈다. 남자는 10초 정도 머뭇거리다 굳게 닫혔던 입을 힘겹게 뗐다.

남편: 죽었습니다.

설마 하며 결코 듣고 싶지 않던 말이 나의 귓가를 강타하고 뇌를 마비시켰다.

나: 네? 뭐라고요?

남편: 하늘로 갔습니다. 사고로….

어렴풋이 해맑은 그녀의 얼굴이 스치듯 떠올랐다. 남편과 꼭 붙어서 애교를 떨던 예쁜 한 여인이 나의 기억 상자에서 빛바랜 필름이 되어 환하게 등장했다. 폐부를 찌르는 고통은 나 또한 면치 못했다.

나: 아이고…… 어쩌다가!

남편: 차 사고였습니다. 혼자 차를 몰고 가다가 맞은편과 부딪쳐서 그렇게 됐습니다.

나: ……………

가슴이 먹먹했다. 남자의 눈망울을 바라보면서 쓸데없는 질문을 했던 나를 자책했다.

남편: 좋은 사람이었습니다. 착했어요.

나: 너무 밝고 명랑한 분으로 기억납니다.

남편: 정말 힘들었어요. 받아들이기가 너무 힘겹더군요. 갑자기 어린 딸 하나 두고 세상을 등져버리니 저는 너무도 무섭고 외로웠습니다.

세상이 참 거지 같았다.

거지 같은 세상은 그렇게 잘도 돌아가고 있었다.

나: 정말 고생이 많으셨겠어요.

남편: 딸아이랑 부모님 집에 들어가서 지내고 있습니다. 부모님이 아이를 봐주셔서 그나마 제가 수월합니다. 이제 고양이도 데려왔으니 더 행복해져야죠.

그러면서 완득이를 응시했다. 사랑이 묻은 남자의 진심이 느껴졌다. 비로소 까칠한 남자의 용모와 후줄근한 옷차림을 조금은 이해할 수 있었다.

나: 드릴 말씀이 없습니다. 괜히 말을 꺼내 죄송합니다. 참 좋은 분이셨는데….

남편: 괜찮습니다. 다 지난 일인걸요.

얼마나 고통스럽고 힘들었을까. 사무치는 슬픔과 그리움을 어느 누가 온전히 알까. 지겨운 악몽의 바다는 깊고도 차가웠을 것이다. 나의 범주로는 그 처참한 상실을 도무지 가늠할 수조차 없었다.

남편: 딸 하나 낳고 하늘로 갔습니다. 둘째는 없습니다. 3년 전에

훌쩍 떠나버렸습니다.

되려 나도 모르게 눈시울이 뜨거워짐을 느꼈다.

그 순간 그냥 몹시도 슬펐다. 나의 일처럼 서글펐다.

남편: 왜 원장님이 우세요?

나: 에이! 몰라요. 대체 왜 그런대요. 세상이.

남편: 그러지 마세요. 괜찮아요. 다 지났습니다. 잘 살게요.

나는 남자를 외면하고 일어서버렸다. 펑펑 울 것만 같아서.

나: 아이 맡겨두시고 오후에 데리러오세요. 에이 참!

남편: 제가 괜찮은데 왜 원장님이 울려고 그러세요. 그러지 마세요.

남자는 의연하게 나를 다독였다. 나는 주르륵 울지 않았지만, 눈가가 촉촉해서 눈알이 미끄덩거림을 느꼈고 한동안 슬픈 감정에 북받쳐 가슴이 울렁거려 혼났다. 다행히 직원들은 나의 찌질함을 눈치채지 못했다. 그 부부와 나의 작은 역사는 내겐 소중한 기억이다. 그래서인지 더없이 각별했다. 8년 전 장사가 지

지리도 안 되었을 시절, 못난 나를 믿고 꾸준히 내원하며 나에게 도움을 주었던 고마운 보호자들이었고, 무엇보다 완득이와의 값진 인연을 맺어주었기에 무척이나 특별했다.

그렇게 남자는 천진한 딸과 함께 고양이를 맡기고 병원을 나섰고, 나는 붉게 충혈된 눈으로 복잡 미묘한 심경에 휩싸여 수술 준비를 하였다. 나는 희비애환(喜悲哀歡)에 젖었지만 그래도 행복이(암컷 고양이)의 중성화수술을 성황리에 끝마쳤고, 슬슬 마취에서 깨어나는 고양이를 쓰다듬으며 딸바보 아빠와 어여쁜 딸 그리고 행복이가 아름다운 동행을 오래도록 함께 하길 염원했다.

모든 인연은 거룩하고 숭고하다. 남자가 여자를 만나 사랑을 한 것도, 부부가 재즈동물병원에 내원한 것도, 완득이가 내 곁에 온 것도. 어쩌면 스치듯 만나는 모든 인연은 만날 수밖에 없는, 이미 정해져 있었던 시절인연(時節因緣)이 아니었을까.

들국화가 부릅니다
걱정 말아요 그대

내가 너를 찾아간 걸까?

네가 나를 찾아온 걸까?

그게 뭐 그리 중요하겠니.

지금 이 순간 함께인데.

톡소플라스마

'톡소포자충(Toxoplasma gondii)'이라는 기생충에 의해 감염되는 질병을 뜻한다. 톡소포자충은 사람을 포함한 포유동물과 조류에서 흔히 발견되는 기생충으로 전 세계적으로 분포하고 있지만, 유럽과 북미 등에서 특히 유행한다. 톡소포자충에 의해 발생하는 톡소플라스마 감염증은 광견병(Rabies), 조류독감(AI), 브루셀라 등과 함께 대표적인 인수 공통 질병 중 하나로 꼽힌다. 톡소포자충은 거의 모든 동물에게 감염될 수 있지만, 유일하게 고양잇과 동물만이 톡소포자충의 종숙주인 것으로 알려졌다. 종숙주란 기생충이 단순 생존을 할 수 있는 중간 숙주가 아닌, 번식까지 가능한 숙주를 의미한다. 고양이는 쥐나 새 등 톡소포자충에 감염된 사냥감이나, 원충이 존재하는 토양과 물을 통해 톡소포자충에 감염될 수 있다. 톡소포자충에 감염된 고양이는 1~3주 뒤부터 약 2주 동안 수백만 개에 이르는 알을 분변으로 배출하게 된다. 특이한 점은 톡소포자충의 알뿐만 아니라 기생충 자체도 고양이의 분변을 통해서만 배출된다는 것이다. 톡소포자충에 감염된 고양이는 발열, 식욕 부진, 구토, 체중 감소, 기침, 설사, 림프절 확장 등의 증상을 보인다. 고양이의 혈액과 분변 검사를 통해 톡소포자충 감염 여부를 알 수 있으며, 만약 고양이가 감염되었다면 항생제 투약과 같은 항생 요법을 통해 치료할 수 있다.

고양이 하부 요로기 증후군

고양이는 물을 잘 마시지 않고, 배뇨를 농축하는 경향이 있어 비뇨기 질환에 취약한 동물이다. 비뇨기란 오줌을 생성하고 배설하면서 체내 수분과 전해질을 조절하고 노폐물을 배출하는 기관으로 신장, 요관, 방광, 요도를 칭한다. 이중 신장을 제외한 요관, 방광, 요도를 '하부 요로'라고 부르며 '하부 요로기 증후군'은 다양한 비뇨기 계통 질환을 아우른다. 고양이 하부 요로기 증후군은 특발성 방광염부터 결석으로 인해 요로나 요도가 막히는 요로결석, 요도 플라그 등을 포함해 하부 요로기와 관련된 모든 문제를 포함하고 있다. 고양이가 오줌을 잘 싸지 못하거나, 피가 섞인 혈뇨를 본다면 하부 요로기 증후군으로 의심할 수 있다. 고양이 하부 요로기 증후군의 대표적인 원인으로는 특발성 방광염, 세균성 방광염, 요로결석 등이 있다.

어쩌다 보니 the 열혈 수의사

초판 1쇄 발행	2021년 4월 26일
개정판 4쇄 인쇄	2025년 4월 26일
지은이	정정석
펴낸이	이장우
책임편집	송세아
디자인	theambitious factory
편집 제작	안소라 김소은
관리	김한다 한주연
인쇄	KUMBI PNP
펴낸곳	도서출판 꿈공장플러스
출판등록	제 406-2017-000160호
주소	서울시 성북구 보국문로 16가길 43-20 꿈공장 1층
이메일	ceo@dreambooks.kr
홈페이지	www.dreambooks.kr
인스타그램	@dreambooks.ceo
전화번호	02-6012-2734
팩스	031-624-4527

책 속 수의학 상식 중 일부는 포털 백과사전을 참고하였음을 알립니다.
특정 인물과 동물 이름은 가공의 캐릭터와 블라인드 처리된 개체입니다.
일부 맞춤법 및 띄어쓰기의 변형은 저자 고유의 글맛을 살리기 위함입니다.

ISBN	979-11-92134-93-2
정가	16,800원